MANO, A NOITE ESTÁ VELHA

MANO, A NOITE ESTÁ VELHA

WILSON BUENO

Planeta

PREPARAÇÃO E REVISÃO Tulio Kawata
CAPA E PROJETO GRÁFICO Vanderlei Lopes

Dados Internacionais de Catalogação na Publicação (CIP)
(Câmara Brasileira do Livro, SP, Brasil)

Bueno, Wilson
Mano, a noite está velha / Wilson Bueno . — São Paulo :
Editora Planeta do Brasil, 2011.

ISBN 978-85-7665-641-8

1. Ficção brasileira I. Título.

11-05227 CDD-869.93

Índices para catálogo sistemático:
1. Ficção : Literatura brasileira 869.93

2011
Todos os direitos desta edição reservados à
EDITORA PLANETA DO BRASIL LTDA.
Avenida Francisco Matarazzo, 1500 — 3º andar — conj. 32B
Edifício New York
05001-100 — São Paulo — SP
www.editoraplaneta.com.br
vendas@editoraplaneta.com.br

A Caio Fernando Abreu, in memoriam

Mano, agora que você não morre mais, entabulo contigo esta conversa no escuro.

Tudo o que você foi, matéria aérea, desmancha-se no avesso; tudo o que, no estreito círculo de nosso ninho doméstico foi covardia, pequenez, submissão, assustadas miudezas, já contamina o que vai aqui feito a algaravia pesadelar dos farsantes. A mímica sem honra dos pusilânimes de raiz.

Sei que estou sendo duro, injusto até, mas a verdade, Mano, é que nos acanhamos, bichos do mato, filhos, netos, bisnetos e tetranetos de bichos do mato ainda mais bichos; dos dois lados, bichos, do lado da Mãe e do lado do Pai, bichos desconfiados e de grandes olhos redondos. Bichos gracilianos.

Fora, os contínuos ciprestes, o silêncio esquizo do arrabalde; aqui, esta quase inútil escrivaninha (quem nela escreveu uma única carta?) em plena sala, e o oblíquo sol das cinco cuja sombra, oscilante, intermitente, desenha sobre o caderno, sobre a página branca do grande caderno branco, sobre a escrivaninha e os frisos meio cafonas da escrivaninha, um brilho enjoado, tão triste como olhar demoradamente os cantos da casa. Não, não olho mais, Mano, os cantos da casa. Há neles uma coisa assim como uma espécie única de solidão, a solidão dos cantos da casa.

Continuo só, Mano, eu, a sala, os ciprestes. Alzira vem três vezes por semana. Determinada e ansiosa, empreende a arrumação doméstica e provisiona a despensa. Me alimento por aí, sempre sem apetite; frito ovos, engulo pães quentes com manteiga e café forte. Me dobra em dois a azia, mas nada como os antiácidos para nos devolver a calma ao estômago.

A Mãe sempre dizia, saco vazio não para em pé. Desde cedo impelidos a comer e a encenar o jogo de rejeitar o alimento. No fundo, vejo hoje, queríamos que a Mãe tivesse pena de nós, por nos infligir papinhas de feijão com arroz – ralas, escuras, carregadas no alho, que provocavam aos meus quatro, cinco anos, uma espécie de náusea. Magros, a cada dia mais magros, a Mãe nos queria gordos e rechonchudos. Assim, vejo, aplacaria a culpa de nos haver parido.

Indisfarçável, na Mãe, Mano, o horror perplexo com que, por vezes, nos olhava, a medo, acovardada frente ao feito de haver jogado a gente na vida. A Mãe tremia ante o nosso futuro, fosse porque o imaginava sempre improvável, Celina, a irmã que não conhecemos, nem eu nem você, morrera aos três anos, fosse porque temia o improvável em nós. E temia, ela também uma menina, perder os seus rebentos como perdia, contumaz, para a morte, os macaquinhos domesticados nos ranchos caboclos e os pequenos quatis e os porquinhos, os cães, os gatos, e até os filhotes de jaguatirica, que eram os brinquedos da Mãe no sertão profundo.

Sabia a Mãe que, pelos gritos irrefreáveis com que fazia amor com o Pai, a ponto de acordar as crianças, provavelmente seria, direta ou indiretamente, punida. Desde aquele sexo envergonhado e no escuro, sufocado de cobertores, sobre a cama rangente, viemos nós, Mano, os frutos de suas trompas e ovário.

Levanto, examino a tarde, nuvens se esgarçam no céu, lentas, preguiçosas, um cheiro a rosa, quase imperceptível, foi como se tivesse acabado de atravessar a cortininha de renda, no exato instante em que o vento a ergueu, breve e súbito, um cheiro a rosa, Mano, que, discreto e rápido, deu lugar àquele velho cheiro, mais antigo que nós, adocicado e triste, agudo e triste, um cheiro a gaveta e mofo, nessa casa que o Pai um dia chegou a chamar palacete, acanhada construção de dois andares, que resiste, em meio aos prédios e aos bate-estacas de novos prédios, proliferantes, no bairro *new-kitsch* do Champagnat, aquele mesmo que um dia, meninos e migrantes do Norte pioneiro, chamamos Bigorrilho. Agora o bairro metido a besta se chama Champagnat, com a devida pronúncia francesa. Há coisa que não vale a pena lembrar, essa é uma delas e a anoto aqui mais pelo desconforto que me causa, bicho sensível, e os meus nada secretos medos de que a cidade acabe por engolir a nossa casa, construída aqui, ao tempo em que isto era possível a filhos diletos da pequena classe média – amiudada e às vezes em falta até com o crediário das lojas Prosdócimo.

Já pensei em vender a casa e comprar um apartamento – mais seguro, e mais prático, para um homem sozinho. Mas há as vilanias do hábito, Mano, e estou preso a esta casa em que nem sequer a sombra do Pai ronda mais a chamar a Mãe, tateante e quase cego, a chamar a Mãe por onde alcançasse ir a força dos cambitos trôpegos. E enquanto pôde Ela o atendeu com desvelo maternal – nunca de esposa, mulher ou companheira. Oitenta e cinco anos! Sem você, para ele, o Pai, ficou então igual que você nunca houvesse existido. A mim mesmo, confuso e agressivo, o Pai achava que dele eu era o irmão mais novo. Uma só vez, num desses delírios, ouvi um balbucio: "Nossa, o rapaz, né?... Tão cedo...". Referia-se a você, Mano, alheio e melancólico, feito lamentasse a morte precoce de um remoto vizinho.

Esse diálogo com os mortos, Mano... O diálogo com todos esses nomes que já existiram um dia, em carne e osso existiram, e hoje reluzem nas lombadas dos livros desesperados... Semana passada contei – de Cervantes a Balzac, de Alencar a Borges, quinze conversas no escuro. Impossível discernir de onde e de que lugar falam, o acento, o tique de seus lábios, os lábios, meu Deus, Mano, o lábio dos mortos. Os lábios, meu Deus, Bolaño, até quando, nesta casa vazia? Até ontem ninho de nosso relativo sossego, no que pode significar sossego a vida por natural inóspita, onde hoje chapada a luz do sol entra e disturba. Até quando, como companhia, só os defuntos ilustres, lápides, urnas funerárias, nomes de rua, verbetes de enciclopédia, uma estrelinha a assinalar o nascimento e a pequena cruz o óbito igualmente ilustre? Até quando? Mesmo os judeus, ou os muçulmanos, as enciclopédias marcam o nascimento com a estrelinha, sutil asterisco, e a morte com a cruz. Não sei como andam nas enciclopédias *on-line* os dois símbolos. Ambos sinistros, Mano – esse que parece dizer, em asterisco, hosanas, eis a vida; e esse outro, a seguir, a cruz, à frente de vosso nome. Pelos cemitérios de interior, anjos de asa quebrada, escuros de musgo e neblina, lá a estrelinha e a cruz, ali onde estão os ossos, tende piedade de nós!, dos que nos precederam. Insolentes e carniceiros, amorosos e enfeitiçados, mornos e assombrados, esses da raça dos Souza de Oliveira, por ali espalhados – do Pinhal a Santo Ignácio, barrancas do Paranapanema. Os homens, a barba por fazer; as mulheres, silenciosas e tristes. Uma que mais saída e risonha, desconfiassem, boa bisca não era.

Diálogos – monólogos, a rigor, no escuro –, alguma vez conspícuos, fragmentos, a prosa ligeira, ou aquela que se estende a cavalo da noite, com um cadáver predileto, escolhido a dedo, na prateleira de cima da estante – Cortázar, um volume de Cortázar, falando de Paris e das ruas de Paris e dos bairros e dos cafés fumegantes e dos sucessivos Gauloises, meu Deus, Bolaño, até quando só nos entenderão os mortos que deambulam esta sala onde acabou ficando a escrivaninha, só sei escrever nela, Mano, como se em qualquer outro lugar fosse impossível brotar da caneta velha essa conversa aqui, contigo, no escuro, Mano, esta sala, os móveis antigos, a escrivaninha meio cafona, e lançam, os móveis, as cadeiras de espaldar alto, quando é noite lançam a sua grande sombra sobre as paredes da sala, os mortos, Mano, esses mortos todos que não morreram nunca inteiramente nem morrerão de vez.

Pior o verão que entra na sala, sufoca todos os quartos da casa, mormaço e cigarras contínuas, o estrépito enervante dos ventiladores ligados, o corpo suado, nenhum vento, o único ventilador de teto, o da cozinha, sem uso o ano inteiro na cidade fria, ligado desde cedo, como se as pás das hélices de um impossível barco que me navega nessa casa desolada, ao sul do sul, Bolaño, martírios e pedrarias, o medo de reandar as pedras quentes da rua, os pés descalços, Bolaño, aonde foi parar Estêvão com sua moto envenenada, neste sol, meu Deus? Há horas que me parecem o surto das horas, tanto o calor, a luminosidade cegante, as pás do ventilador do teto da cozinha, que, de repente, sem hesitar, num movimento abrupto desligo o comutador da parede e as pás do ventilador, pesadas e vagarosas, vão parando devagar, lenta e lentamente, as pás do ventilador de teto, até cessarem por completo, e então um silêncio de cigarras e formigas, de unhas e beijos, um silêncio de santo sepulcro desce sobre a sala e, elas, as pás, vão parando devagar, lenta e lentamente, o ventilador de teto da cozinha, e é então que o silêncio é mais que um silêncio e me desce sem misericórdia sobre o corpo pesado. A grande barriga; as dobras ainda não de todo humilhantes debaixo do pescoço, suadas; suada a calva; o sovaco que por certo já põe à mostra a indefectível meia-lua, fétida sempre, debaixo do paletó apertado. Não sei viver sem paletó. Mal levanto já me enfio num deles, mesmo que o dia seja o de não sair de casa, inverno ou verão. No vestir, sabe você, Mano, sempre fui um pouco desleixado, do mesmo modo com o corpo. Mas não abdico os paletós que nunca fecham e se fechassem sobre a barriga infame seria ainda mais sórdido. Pelo menos não mantenho de dia o pijama com que passei a noite, a exemplo da maioria dos aposentados. Fumo muito, me horrorizam os exercícios físicos, tão na moda hoje em dia. Morremos do mesmo jeito, atletas e sedentários. Nunca esquecer – inventamos a cultura da simetria, Mano. Linhas e curvas, apolíneos os meninos que aí vão pelas ruas. Não, jamais, nessa conversa, Mano, mesmo sabendo que você não morre mais, lhe desvelarei a minha vida íntima ali onde, esquizo, um amor de pássaro dorme, oscilante matéria de desejo, um amor de pássaro e efebo, nádega e mamilo, o fino correr de pelos que iniciam no umbigo e se espraiam, depois, negra coroa sobre o sexo deles, nem precisa dizer do que falo, Mano. A rigor, nunca lhe interessou a minha vida bandalha, já por bandalha e viciosa, um só descalabro madrugadas a fio. Havia sobra para queimar, aquele tempo. Hoje sou um homem seco por dentro, um pouco balofo por fora, viciado em chocolate e café, as drogas do crepuscular sexagenário. A memória dos alcoóis e malogros dissipam-se no tempo.

O fato, Mano, é que cedo percebemos, um e outro, que nossos mundos nem sequer eram contíguos. Distantes um do outro, estabelecemos a regra tácita – o respeito às fronteiras, aos espaços, o meu e o teu mundo, territórios às vezes rispidamente defendidos, às vezes irremediavelmente confrontados. Como na ocasião em que percebendo-o triste, dias seguidos, ousei lhe perguntar, ainda que fraterno, algum problema, mano?, e foi como uma bofetada a frase que cimentou meu silêncio para sempre: Quem tem problema é você!... Única vez, aliás, em que você se referiu sobre o que eu guardava igual quem guarda um segredo que todos sabem mas que a gente finge que ainda é um segredo guardado que ninguém sabe, e aí é como se o segredo, sempre e sempre segredo mesmo fosse ou fora. Desde o Gênesis.

Os mortos. Estamos sempre lembrando os mortos, talvez para lhes conferir uma precária sobrevida. Sofremos, sofro, mas possivelmente assim não morrem inteiramente, não morrem de vez, Mano. Insustentável que alguma coisa morra de vez – de corpo e de alma. Ainda que não me engane – acho que a gente morre mesmo é de corpo e de alma, para todo o sempre, feito aliás nunca tivesse existido.

Curiosa, entanto, é a Arte, Mano, sobretudo a literária. Ao contrário dos mortos que nos esforçamos para arrancar de uma anonimidade injusta, são eles, os poetas, os escritores, me parece, que palavra a palavra, frase a frase, nos precipitam às pequeninas mortes de um dia, duas, três horas, quinze minutos, em que nos abduzem, não importa quanto, essa suspensão de tudo em torno. Sobrevivemos então em suas estrofes e ficções nas quais eles, claro, nos fazem acreditar com ardor de meninos. Uma outra espécie de vida, Mano, muito além do círculo estreito do cotidiano, essa que inventam os escritores, os dramaturgos, o cinema, a televisão. Será vida esses simulacros vivos? Será? Ou vida é o que ao arrepio da pele está sempre a noticiar que passa e vai, escorre e vai – para onde? Impermanente, fugidia. E nisso de sequestrar o leitor tenho alguma experiência. Amadora, sem dúvida, mas a prática, mesmo que escassamente conhecida e baldia de reinventar os dramas, os melodramas, as mãos, alguma vez, molhadas de lágrima e ranho, baba e soluço. Um soneto aqui, o texto pernosticamente retórico de que vivi no serviço público, a redação engesssada dos discursos parlamentares, comunicação de secretários, notas de Governo. A tudo compus com empenho e a cabeça baixa dos barnabés estatutários, habituados a conviver em menor ou maior proximidade com o poder da hora. É – sem erro, Mano –, os sonetos me salvavam. Feito me salvam agora essas anotações, nostálgicas ou rebeladas, embaraçadas sempre, nas quais insisto a fim de que o passado não nos engula igual os edifícios vêm engolindo o bairro que pelo passado se chamou Bigorrilho.

Ainda bem que a Hilda, coitada, faz questão de publicar os sonetos, recorta-os do jornal de domingo e me faz presente deles, a exibir uma admiração tola pelos meus rabiscos. Não posso negar – o mimo ao menos me anima a passar o tempo com outros cometimentos lítero-canórios –, coisas, claro, de amador. Jogo a oferenda da Hilda na primeira gaveta – para nunca mais. A Hilda... Ah, a Hilda! Coitada da Hilda.

Os nossos ídolos, Mano... Você não teve tempo de ver, de muitos deles, a vida provisória, você que de alguns só assistiu ao viço, e às reversíveis *overdoses*, caras à época, aos *sixties*, aos tormentosos *seventies*.

Um que outro você ainda testemunhou acabar-se. Elvis, que eu me lembre.

Marlon Brando... Marlon Brando você precisava ver, Mano, terminou, acredite, vítima de uma obesidade quase mórbida, recluso numa ilha da Polinésia, morto às pressas em Los Angeles. A tais alturas nem sequer a lembrança, por mais vaga, do modelar herói dos filmes a que juntos assistimos.

Mais velho, por dever de ofício, eu o carregava, lembra?, pelas mãozinhas magras, em nossos curtos passeios semanais. A Mãe só nos permitia a matinê do domingo. O dinheiro do cinema eu o enrolava na mão esquerda, com medo de que do bolso se perdesse, bem apertado, do jeito que a Mãe dispunha e, com a direita, a conduzir você, com vigor e dissimulada insegurança – em cada cruzamento, em cada sinaleiro das poucas avenidas movimentadas por carros, aquele tempo, na Aldeia. Rumo aos cinemas do centro.

Íamos a pé, dez, doze quadras, para poupar o gasto com a passagem do ônibus. Depois do filme, o pacotinho de amendoim caramelado – um pra você, outro pra mim. Voltávamos para casa, comentando alto a história, ansiosos por contar à Mãe a movimentada aventura, a Mãe que já nos aguardava, igualmente ansiosa, no portão. E isso era tudo, além de, mal entrados em casa, a obrigação aborrecida com que a Mãe nos tirava da roupa de domingo. De calção e chinelos, se calor, nos esperava a rua e os meninos da rua, escassos no domingo vagaroso; se frio, o que era mais frequente, entrouxados de agasalhos, gorros, capuzes.

O Pai, sempre aquela ausência, nas longas viagens de compra e venda de secos e molhados, a Mãe debruçada sobre as costuras do ateliê improvisado num dos lados da casa. Fazia questão de sua independência financeira, a Mãe – não sem um indisfarçável rancor, no canto do lábio o rancor, cuja causa desconhecíamos – e continuo desconhecendo até hoje. Detalhes de nossa tragédia mofina, o ninho de judiação, o Pai magro e bêbado em negociatas desastrosas, ou, jogador compulsivo, levando a família a nocaute, a Mãe sem recursos nem norte e nós dois, bichos expectantes, bichos gracilianos.

Há pouco tempo, o enterro de Michael Jackson. Na restrita plateia convidada pela família para assistir às cerimônias fúnebres do astro pop, ninguém menos do que Elizabeth Taylor. Outro ícone de nossa infância pobre, Mano. Como esquecer *Cleópatra* – a deslumbrante Liz de olhos violeta, os seios arfantes, a subir e a descer, sempre ofegantes, no decote que o cinema em tecnicólor fazia questão de revelar? Meio oculta pela fileira das cadeiras da frente, na cerimônia fúnebre, em vão as câmeras de TV buscavam-lhe um *close*, quem sabe discreto aceno. Liz Taylor continua uma lenda, Mano, ainda que há muito tenha deixado de ser a Cleópatra que nos aturdia. Dificilmente aparece, não se deixa fotografar, não dá entrevistas.

E o que vi ali, Mano? A cabeça baixa, o ligeiro perfil, parecia ler o poema de Jackson impresso pela família no programa das exéquias. Horrível o papo sob o pescoço, embora a echarpe, a peruca a esconder certamente os cabelos falhos, absorta na leitura, triste como impunha o momento, as maçãs do rosto caídas; salientes as bolsas sob os olhos; fino risco de cintilância azulada quando um leve roçar de cílios perpassou a tela; as rugas da testa que maquiagem alguma alcança esconder. Liz Taylor, Mano. Só os olhos luziam, ainda agora, faiscantes ametistas. De resto, um fantasma de si mesma.

É no outro, sobretudo no outro, estes seres que insistem e sobrevivem, é neles que nos enxergamos a nós próprios, inteiros e sem retoque – feito um espelho, o único, aliás, para saber como somos. De meu lado, talvez por pessimismo ou desolação, ou mesmo por desamparo, desde cedo, Mano, enxerguei no outro o meu fracasso.

Não demos certo, os humanos, erramos de confraria e ainda, por mais que isso soe estranho, seguimos a nos matar por ideias e conceitos. Sanguinários e truões viemos para devastar a Terra que, ao menos como planeta, caso nunca tivéssemos existido, poderia estar bem melhor.

Contornas com o dedo fino, amarelo pela nicotina, as flores e as folhas impressas ao oleado da mesa do bar. Escolhemos, lembra?, um boteco de beira de estrada. Ali os bêbados são felizes. Com horror às lanchonetes ladrilhadas do piso ao teto, falsamente higiênicas, parada de carros e ônibus na BR, preferimos o barzinho acanhado, periférico. Caminhoneiros e putas próximos, inconvenientes, o rádio mal sintonizado numa toada sertaneja, enfadonha e melancólica. Você constata rindo que somos um vasto *hinterland*, embora a TV e o telefone, a internet e os celulares. Ali o estampado das chitas caipiras, o xadrez pobre das chitas caipiras da Terra de Vera Cruz – aonde você vá – de Dourados a São Paulo, ou à rua da Alfândega no Rio de Janeiro.

Vem de onde esse seu olhar que pousa sobre o oleado e acompanha, mais perdido que atento, o passeio da mosca, arisca, no círculo quase seco, sobre a mesa, talvez o fundo de um copo de vinho, recente ali, o cheiro adocicado? Os rasantes da mosca, o sol contra o vidro pobre do balcão onde endurecem doces de abóbora em forma de coração, ou amarelam os papéis de paçocas com figuras de Walt Disney.

A toada sertaneja fala de amores frustros e de trágicos desfechos, mas o melodrama de nossas vidas – só hoje constato – foi mais trágico e certamente assinalado ainda melhor pelo fracasso. Ou iguais a elas, às toadas, canções marombeiras que fazem chorar as putas velhas, depois de bêbadas. Tragédias menos que pequeno-burguesas, medíocres também pelo tamanho, domésticas. Patéticas às vezes, talvez ordinárias feito o fundo do fundo do país em que se deram, com rasgos de doçura até, e tango.

Uma tragédia, entre outras tantas de maior ou menor peso, essa de, um dia, o cabaré de interior matogrossense. Um menino. O sexo bêbado em Aquidauana. A mãe, juro, ateia fogo ao corpo, juro, e o menino vem a mim como a um furacão e a um veneno. A vida nem sempre é infensa às desgraças mais desgraçadas, por absurdas que sejam, Mano. Muito além da Arte.

E então eu o embalo, o menino, até que durma, que pare de chorar e durma. Gordo e exausto em Aquidauana eu embalo o menino, na rotineira viagem a trabalho do funcionário público. E o menino que não tinha nove anos acabei trazendo-o à casa do Champagnat, contratei cuidadora e lhe dei, enquanto aqui esteve, diálogo, afeto, educação escolar. O nó, repito, dessa narrativa triste, é que aos quatorze ele já se completava, Mano. Me comia o corpo com os olhos, e eu ao seu, quatorze anos, meu Deus!, virgem, o corpo leve, os ossos pontudos da clavícula, os braços finos, em Aquidauana. Para onde pedi transferência.

Não consigo entender que "Maico" não esteja mais aqui, Mano. Aos dezessete, ainda as mãos compridas, os dedos longos, o riso alvar. Depois é que lhe sumiram os olhos. E eu, Mano, mais que a você, me recusei a vê-lo porque nem podia supor que a morte também em você já pusesse ovos, ovos de escorpião. Mas você era forte, Mano. O seu medo então era só uma lembrança infantil, assim meio apagada. Trapaça? O covarde, a rigor, era mesmo eu. Sem coragem para assistir ao espetáculo findante de "Maico". Transferido à casa de uns tios em Aquidauana. Você, não; você foi levar a ele um pouco da minha loucura. Justo ao que eu preferiria dar o nome de espanto, ainda que não me enganasse de sua incoercível demência.

Dizem chamava baixo, no escuro da noite, na cama estreita, de adolescente magro, chamava escuro e magro, baixo, escuro e magro chamava o meu nome. Chovia muito dentro da casa, soube também. Pedi ao Deus da indiferença e do malogro, Aquele que não atende ao pedido dos fracos; fingindo uma força, ainda assim pedi a Ele que nos livrasse, do mal, amém! Esforço inútil, inúteis todos os votos, promessas, intenções.

Perdão, Mano, por imaginá-lo eterno. Por desconsiderar que, a respeitar fronteiras, religioso nessa sua crença de não falhar nunca, você também hesitava, temia lá o seu temor de macho ocidental. O férreo orgulho a esconder a inextricável tibieza. Não poderia ser de outro modo, sobretudo com os Souza de Oliveira. Mais por influência da Mãe do que do Pai tido cedo como um torpe. A Mãe, ora verifico, Mano, devia odiar aquele seu marido. E ele, claro, fazia por onde, víamos; e é quase como queimar os dedos, rever isso agora, rever que o Pai é igualmente só a memória da memória de nossa aventura torta.

E não lhe faziam tremer, Mano, vossa perna, os cachorros da rua? Adulto, agora lembro, continuaram a assustá-lo, mesmo os vira-latas do bairro. Levava sempre a mão ao pescoço, desconfortável, como esquecer?, quando cruzava com dobermans ou rotweillers dos vizinhos da mansão em frente, puxados pela coleira; pela coleira, mas dobermans, pit bulls, rotweillers. Desviava calçadas, fingindo indiferença; desconversava.

Embora tudo isso vos esteja sendo explicitado agora, agora que você não morre mais nem se escandaliza, e guarda para sempre o meu e o teu segredo, Mano. O segredo escuso dos Souza de Oliveira. Agora, sim, posso me revelar em você, sem pejo, a nossa ópera chué.

Nascem pequenas flores ao redor do cipreste em frente. Um cheiro forte a jasmim entra na sala e me acorda o baixo-ventre. Taras antigas, desejo escabroso, uma matança de bois em Goiás, o gemido do carneiro degolado no fundo do quintal pelo padre Quintas, em Aquidauana, pássaros de grandes coxas a deslocarem o ar selvagem, nuvens pressurosas não sei em que perdido tempo navegam-me os olhos, lúbricas navegam-me os olhos, a imaginação, nu e erétil sou eu que as olho e seguro nas mãos o cinza pálido com que as mãos já se umedecem, uma e outra, as duas, o vagido do cervo guilhotinado ao cepo, no meio da aldeia primordial um cervo, a cabeça decepada. A praia quase anoitecida, cicio de passarinhos nos grandes sombreiros que engalanam a rua do balneário. Também entardeço – sessenta anos pelo próximo março não são sessenta dias nem sessenta meses, Mano, para lançar aqui um enunciado vulgar e sem graça. Ninguém na praia além do vento.

Mano, agora deixe que eu me copie, de uma memória antiga como morrer, posto que agora era eu, agora era eu sozinho com o meu silêncio, eu e ele apenas, o cão desdentado, que me olhava com olhos quase cegos, ferido pelo sol das três da tarde na rua deserta.

Agora eu era eu, e a tarde da velha rua humildemente tomava conta de nós.

Eu e ele – apenas isso, como se fosse natural olharmo-nos um nos olhos do outro de modo assim tão intenso e comovido. O cão desdentado escondia, no fundo do peito, que viver era uma coisa emocionada.

O cão e eu, o macadame furioso ao sol – as janelas das casas vigiaram, Mano, a nossa existência cúmplice. Quem nos delataria ao telefone – a um homem e ao cão desdentado da rua, às três da tarde do Bigorrilho? Que raiva com unhas atrás da cortininha xadrez?

Apoiado ao poste, Mano, como quem receia o improvável que mora no chão, e mora nele o desequilíbrio, sigo o olhar baço do animal que um dia foi cão indomável e agora me serve apenas como cachorro, um cachorro a quem o tempo lhe deve o faro, deitou a pele em ruínas e agora, e agora só quer dele a verdade. Ainda que doa, eu e o cão, pelo visto, temos obedecido – não sem a ira posta em baba no canto do lábio feito um rancor. Não sei, Mano, o que você diria desse espetáculo íntimo e sozinho.

O cão, ainda que velho, é simples como um desenho vivo: a mesma cara de cão, o mesmo dorso de cão. A diferença nele é que a sua alma está quebrada e com piedade de mim, vulto amarfanhado contra o poste, daqui a pouco ele vai chorar a sua alma vazando pela catarata, o que faz os olhos dele inteiramente azuis.

Não, nenhum rancor além do rancor modesto de estarmos vivos, Mano, eu e ele, o cão desdentado, que salva o meu dia, que me conhece apenas de vista mas já me dedica, com antiquíssima ternura, a certeza de seu carinho sem dúvida. Abanando o rabo, lento e cambaio, inspeciona-me o tênis e me fareja as pernas como quem lambesse um paletó lustroso. Sinto, por ele, o profundo desgosto dos que involuntariamente já não se querem mais e nem se permitem. Dos que se tornaram apenas uma obediência.

Agora era eu, o cão e a rua deserta.

Se lhe dissesse que, mais um pouco, eu não suportaria a segunda-feira; se lhe chutasse a barriga afundada entre costelas; se eu contasse a ele o quanto a tarde era uma saudade e um vácuo; se lhe confessasse, com pudor, que a saudade punha em risco o meu coração; que o amor pode encrespar-se de beijo e ódio, se eu lhe dissesse, nos comprometeríamos para todo o sempre. Não viveríamos mais sem nós e a velha rua assistiria, sob silêncio entre cigarras, ao nosso abraço de pura piedade – no rés do chão do meio-fio.

Agora era eu e o formidável enterro do cão na rua quase deserta do Bigorrilho, a nossa cerimônia acanhada e sem testemunha. Agora, Mano, era só eu levantando, com esforço, a tampa do bueiro onde ele coube inteiro e magro – como se desde há muito tivesse nascido para isso.

Assim, ao menos, amanhã os garis não o conduziriam como se faz com o lixo.

De novo, Mano, horrível constatar, era eu, a rua deserta e um cão roído de formigas.

É o retângulo da janela do quarto Dela que daqui vislumbro, o quarto deserto, Mano, a rua deserta, Mano, a noite lasciva dos cristais brancos nas cristaleiras e este sofá-cama na sala onde ainda continuo dormindo – já não sei se por entrega ou absoluta impossibilidade, ainda que momentânea, de tomar um rumo na vida. Ou sempre fomos assim, Mano? Largados sobre um velho sofá-cama, numa sala entulhada, ali onde eu, você, Ela e Ele vivemos um dia? O ódio miúdo, os respeitos dignos, o olhar propositalmente indesmentível, os afetos sinceros, a chalaça, a costumeira embriaguês minha e a do Pai – feito não suportássemos aquela união melancólica com que a existência nos reuniu um dia.

De novo, não muito diferente do cão íntimo, amargo texto nas dobras de um caderno, agora sou só eu e o garoto na praia deserta. "Maico!", chamo ao longe, uma estranheza; "Frederico", o som responde em eco – passa por mim e pelo vento. O som, o eco me atravessam. Galope de potro e crina, o recorte do arco-íris desde o horizonte do horizonte no branco da praia vazia, um não espaço no espaço do espaço branco contra o branco do ar, da areia, do céu branco, o não espaço do espaço demasiado branco, à beira do imenso Oceano. Nenhum horizonte entanto para quem, como eu, afundo na areia, os sapatos com meia, a calça social, o paletó no ombro. Sem equilíbrio, afundando na areia seca, a sede, a boca amarrada, a gastura de o seco a raspar o seco, fricção, os sapatos afundam e, de novo, enchem-se de areia meia e sapato. "Maico!" "Frederico!" Poderia lhe dizer que o gosto de sua saliva ainda umedece a minha língua, ao gosto dela se misturam baba e baba, o susto e o sonho. O garoto gemia, os meus joelhos apertando contra a areia o tórax malformado de menino. "Maico!" "Frederico!" Mas tudo é o silêncio do vento e os seus uivos. Quatro horas da tarde na praia deserta. Ofegante, com uma sede crescente e quase desesperada, quero de "Maico" o sovaco de incipiente pelo; a pele macia e os mamilos tesos, engruvinhadas jabuticabas. O sexo em pedra, imutável. E era como se rolássemos abraçados um ao outro, terminais, mudos de terror e de assombro, as nádegas duras de "Maico", as coxas adolescentes de "Maico", potro rijo e corcoveante. Dezessete anos no fundo de minha alma até então inerte, Mano, pronta para morrer nessa toada de cabaré em que se tornou a minha vida. E já que morrer era a sina, por que não nos apagarmos de vez, os Souza de Oliveira, levando-me de roldão, agora que os Souza de Oliveira eram só eu e este corpanzil adiposo, de roldão, o corpo, a alma e, enfim, o hoje estéril sobrenome, de um jorro levando tudo ao poço final, e conclusivo?

Foi assim que o menino me abraçou na areia, Mano. E eu pude durar mais uma vez – trágico acinte da natureza, o imperdoável cinismo das coisas chulas; chulas e trágicas, miúdo e trágico o imprevisível, o nunca visto, o acaso, a surpresa. O menino me abraçou na areia, sujos os dois de uma sujeira anterior a nós, ao mar em frente, à vegetação do manguezal contínuo. Escutei, pássaro aturdido, debaixo dos ossos magros, dele o coração. E ali fiquei, calvo e balofo, as banhas da cintura sobrando da calça liberta do cinto, a algaravia grisalha do peito, abracei-me nele, Mano, e fui me aninhando aos braços com que me aninhava – dois entes jogados fora, dois entes precisados do chão. Longe percebi alguns troncos meio apodrecidos, emaranhados entre si, há muitos dias enroscados às pedras da praia, a parte mais alta deles seca e lisa – fustigada de ventos. Amor aquilo, Mano? Ou só a projeção de um homem sozinho numa praia vazia, de tudo o que poderia ter sido mas não foi – viés sórdido e ainda mais insolente da tragédia? Um amor de ódio e unhas, mas amor. Amor que o desejo inventa.

De novo olhei o céu, as nuvens juntando-se escuras no horizonte, a gestar nova chuvada de estio. Antes que a chuva caísse, como caiu a seguir, intensa, e breve, dando lugar de novo ao grande sol, na praia continuei, abandonando-me a mim e a tudo o que em mim imagina e fantasia, imagina e escreve, escreve e voa nas asas da memória. Logo o sol secou pele e roupas – o paletó, úmido e sujo de areia, amarfanhado e cheirando a sal, próximo de mim.

Gordo e exausto continuei estirado sobre a areia. Os olhos fechados, acho que dormi, acho que dormi e devo ter sonhado. Como de costume nos sonhos, lembro que voei sobre um campo de cactos – floridos. A floração do cacto, você sabe, Mano, é de uma exuberância atroz. Espinhos transformados em flores de agressiva beleza. Exausto e gordo devo ter dormido longamente e acho que sonhei também com índios, navios, piratas.

Acordei zonzo, os olhos apertados a enxergar com esforço, e uma enorme dor de cabeça.

Se com uma mulher, Mano, a tragédia seria a mesma. Sessenta anos, pelo próximo março. Detalhe íntimo, face ao medo e ao horror, contigo divido entanto, agora que nada em você escuta mais, nem que eu grite na casa deserta. Mesmo a confidência mais peluda é para você um vagido do nada. Passei a usar próteses dentárias, Mano. Em cima e embaixo. Os dentes levados pelo Tempo – um aqui, outro acolá, molares, incisivos, caninos, por uma causa ou outra levados pelo Tempo, acabei sendo obrigado a extraí-los todos. Irrita-me a gengiva a prótese e não fosse o pudor, não dormiria com elas, com as próteses, Mano. Em cima e embaixo. A gengiva, às vezes, em carne viva. Uma mulher, uma égua jovem, um rapazinho de buço, não importa, Mano. O fato é que isso dá conta do crepúsculo mesquinho e atordoado em que me mexo – ora com medo ora indiferente a tudo feito uma resignação que, repito, mais que estoicismo ou desdém, é deserção. Uma secreta, e envergonhada deserção. Sexagenário, quem diria? Eu que temia sobreviver à Mãe...

Desnecessário aprofundar intimidades... Não basta esta aqui à flor da página? Por que sexo e enamoramento – ofícios que mais afastam que nos aproximam aos dois – têm que estar presentes, ao menos de modo direto, feito eles fossem, eles sim!, só eles, a expressão de uma intimidade? O jeito como você chegava de madrugada, o portão aberto sem ruído, o passo macio, o chavear cuidadoso da porta da frente, um deambular discreto por salas e cozinha e, a seguir, logo a seguir, o barulho da porta de seu quarto, não distante do meu, a fechar-se com uma impulsão só sua – respeitosa e cheia de culpa pelos que, noite alta, na casa já dormiam. Acordar os velhos, mesmo que através de um barulho acidental, deixava você, eu sei, derrotado e triste. Não bebia nunca, quase não bebia e, portanto, não vivia esse desavergonhamento comum aos alcoólatras e aos loucos. O meu, por exemplo, que, bem ao contrário, fazia questão de vociferar escandaloso, fosse a hora que fosse, que não passava de um desgraçado, sujo de mim e das noites em cujos andaimes deambulava dias seguidos. Para chegar depois, de volta à casa, transtornado de anfetamina e álcool, fosse a hora que fosse, mesquinho em minha egolatria, a vociferar contra o capitalismo, os governos, as igrejinhas literárias, os mimos da Mãe que nos estragaram os brios, os meus e os teus, a tibieza do Pai, a pobreza mais pobre disfarçada de pequena classe média, pequena mas ainda classe média, gostávamos de nos convencer a nós mesmos, e não a miséria periférica daqueles irmãos do Pai, numerosos, a filharada que quase não reconhecíamos como primos, tantos!, habitando a várzea, os bairros já distantes da Aldeia – pedreiros, alfaiates, biscates de rua, miúdos comerciários, os nossos tios e tias.

O Avô, cego de um olho, morto por atropelamento no centro da cidade; a Avó, numa remota epidemia de tifo no sertão do Paranapanema, ao tempo em que havia sertão ao norte do sul do vasto *hinterland*. O Pai, via-se, quase nem lembrava a Avó; o Avô só um nome e o retrato na parede da sala. O Pai se empenhava em esquecer – a tudo e a todos. A rigor, para que lembrar? Os mortos ressuscitados parece reandam o nosso caminho e vêm plangendo odores e saudades, mortífero o cheiro dos mortos que insistimos em cultivar, Mano.

Mas não serei eu que me livrarei, assim sem mais nem menos, desse vício de que dificilmente os humanos alcançaremos nos livrar. Esquecê-los, os mortos, é como matá-los de novo e ainda outra vez. A exemplo da nuvem, entanto, está provado, a memória dos mortos se esgarça, se dissipa, e hão de evolar ao céu da Aldeia anônimos e felizes, completa e profundamente mortos, até não restar nem ao menos um dia, um segundo sequer em que eles, os mortos, se lembrem de que, alguma vez, foram felizes ou sobre a Terra andaram.

Amanhece. Outro dia amanhece na rota do insone. A porta do quarto cerrada, é sozinha consigo mesma que a Mãe dorme a sua morte em vida, destronada da vigília – que sempre foi sua – por morfinas e anti-inflamatórios. Os tubos, as sondas que lhe enlaçam as orelhas, por trás, e retomando os dois lados do rosto, lhe penetram as narinas – a matéria plástica que a luz do abajur faz, por vezes, faiscar. Uma pontada no estômago de quem olha. Outro dia amanhece. Atrás das cortinas finas em uma que outra das janelas, levantadas pelo vento, como um sopro levantadas pelo vento, a mancha verde em torno a cada minuto avança, nódoa vegetal que o sol acolhe, Bolaño; e amanhece. Úmidos pela longa noite os bibelôs da sala. Um cavalo de louça sobre a cômoda, como que relincha. É o susto, o portentoso susto das coisas que acordam, que vão acordando, Bolaño, e pondo na gasta superfície de outra manhã, de novo, incipiente, a sempre mesma manhã desde a primeira manhã sobre o planeta triste, o vento um outro e mesmo vento, o ar e a aragem e a orquestração sonora que começa sempre com o pio dos sabiás e se junta logo a seguir com o rebuliço álacre, insultuoso, de pardais, canários e tico-ticos. Ainda sobram os passarinhos na Aldeia e, pelos bairros, nem que sejam os derradeiros bandos sobre a Terra, enchem de ruído e chilreio, agressivos na rubra tintura, os tiés-sangue, aos bandos, Bolaño, giro ruidoso ao poste da esquina, e somem, ariscos, evasivos, os tiés-sangue, a atravessar as vidraças e a sumir por entre telhados e beirais não sem antes novo giro ao poste da esquina que daqui mais intuo que vejo, o poste da esquina escuro assim, ó, de passarinhos! O vento, um outro vento? O céu abrindo-se azul, devagar o céu, a mancha verde-clara atrás de todas as janelas, atrás das cortinas finas, verde-água, musgo e petróleo, verde-oliva, verde-garrafa, casto verde, Mano, as cortinas transparentes, e a brisa do verão desusado deste ano na Aldeia. É sempre a hora em que sinto os olhos pesados, me flagro em extensos cochilos, antes que durma de vez, muitas vezes de chinelo e roupão, assim meio de lado, um copo na mesinha de canto, um copo de café com leite, ao meio, e frio, o líquido marrom, grosso de aleluias, o cinzeiro entupido, os círculos contínuos de copos, fundos de garrafa, pires, colher, isqueiro. É assim, Mano, meio sonâmbulo, num tempo sem tempo nem espaço que puxo o cobertor, ajeito as almofadas e me aninho ao velho sofá-cama, sem armá-lo, apenas o espaço solteiro sobrando e que, ainda assim, macio e familiar, o corpo do sexagenário aninha. Sempre dou uma olhada, nem que seja de esguelha, para o retângulo que do sofá se vê, o retângulo da janela do quarto Dela, as venezianas cerradas, azul-coloniais, de par em par, cerradas. Fora, abaixo da linha do silêncio, o cicio que aranhas e escorpiões fazem, se apuramos audição aos seus ninhos, e o modo como se engalfinham, bichos em pé de guerra. Também, tumultuárias, as lacraias nervosas. O assovio ao longe, numa esquina remota, de alguém que chama seu nome, chama e se esconde; se esconde e chama o seu nome, para ocultar-se, enfim, para todo o sempre, incógnita que haveremos de levar ao túmulo, quem assoviou e nos chamou o nome, tarde da noite, naquela esquina de Montezuma e Saint-Denis, na cidade alsácia, numa remota excursão pelo passado?

Súbito novo sabiá sozinho aproveita o silêncio em que a manhã amanhece e pia longo, repetido, como se pedisse a Deus uma clemência. Claro que já vou nos braços de Morfeu, como você dizia, Mano, quando menos que dez da noite eu o surpreendia na sala, vendo TV, você assim um pouco envergonhado de dormir tão cedo, sempre cansado e sem consolo, a tristeza que o foi matando aos poucos, pura e simples tristeza de viver, não mais que isso – não é mesmo, Mano? –, e quase sem charme. Tão simples quanto um tiro na testa pode ser simples, cena prosaica a guardar no fundo de seu erro o obscuro afago do sublime.

É no limite que a beleza queima. Mesmo que o esplendor seja o do sinistro – ou principalmente – conjeturo nessas horas sozinhas. A manhã espalhando-se pelas janelas, um silêncio de veludo atrás das cortinas que me revelam, contudo, o vulto, as sombras, o movimento com que também o azul contamina o jardim, molhado ainda da noite longa. O coração pesado, Mano, os olhos cerrados, os olhos duramente cerrados, numa careta – ou esgar? – em que tudo se contrai e franze – olhos, sobrecenho, testa, nariz, boca. Oblíquo pescoço, e triste.

Então era assim o jardim selvagem? De uma mistura agressiva e exagerada – a coroa-de-cristo enleando-se a cravos e espinhos e a explosão branca do lírio branco, uma explosão branca, a confundir-se com as grandes e opressivas bromélias floridas, e ameaçadoras, feito o sexo de uma mulher, as bocas-de-leão que, em tufos, camélia e rosa, põem no caminho a desfaçatez da natureza, a sua arrogância múltipla, cruelmente plural; um pouco vulgar, convenhamos, em seu disparate. Ainda outra vez o chilreio da corruíra, o pipilar jubiloso dos bicos-de-lacre, um bando de bicos-de-lacre, Mano, cinzas, os bicos vermelhos pintando as árvores como se de minúsculas cerejas.

Nos últimos tempos venho despertando um pouco idiotizado. Não sei se por vício ou porque anoitece mesmo nesses dias famintos. Segue então a tarde, navio lento. É como se as coisas e o tempo tomassem uma nova identidade, bem diversa da que aprendemos de origem. Sou capaz, em tais momentos, tão desfigurados, de enxergar, no brilho de um copo, um jeito, um sestro Dela. Choro, Mano, de pura piedade, choro, humildes!, profundamente inocentes de tudo, humildes!, os cantos da casa.

Em verdade vos digo, nem mesmo eu que escrevo sei para quem estou escrevendo, Mano. O primeiro leitor objetaria que escrevo a você, Mano, que escrevo a você esta ladainha merencória. Mas como é que é para você, Mano, se ouvir, para você, virou um verbo abusado se não metáfora absurda a carregar em si uma mentira sem honra nem grandeza? Mentindo a mim mesmo, alinhavo frases, longos períodos, parágrafos sujos ante o medo e a ignorância de que escrever é para os gênios e não para um poeta em tom menor feito este que lhe escreve, Mano, poeta de fim de semana, sonetista atabalhoado, alguma crônica publicada nos jornais da faculdade, e as centenas de discursos parlamentares, como fiel servidor, ora aposentado, do legislativo da Aldeia. Animei-me um tempo, você lembra, em reunir os poemas e as crônicas e mandar imprimir na gráfica do velho Snege, um livro a que pensava dar o título de *Bromélias, cactos*, mas tudo acabou ficando na intenção, embora a insistência e os preços módicos do saudoso libanês, pai do conhecido escritor. Achava o velho Snege que eu deveria ter ao menos um livro, um livro que fosse, a registrar as minhas elucubrações literárias mais que a discurseira legislativa. Vossa Excelência, Data Vênia, Nihil Obstat... A Hilda era sempre a mais entusiasta de que brilhasse na Aldeia o meu engenho. A Hilda... Ah, a Hilda!, coitada da Hilda.

Um amador em tudo, Mano. Não consegui sequer aprender a não ter medo. Sexagenário, a caminho de uma provável senilidade (que me tomará de volta tudo o que me foi dado), já desaprendo as coisas mais simples. Escrevo para não me esquecer de todo, não me esquecer de mim mesmo nesta casa, no bairro *new-kitsch* do Champagnat. Acho que você me entende; acho que você está entendendo tudo. Mistérios de quem deita ao primeiro papel a divagação sem data, o dito e o interdito, a palavra um tropel d'escândalos, como naquele soneto de Herculano Pires que tanto amei em minha mocidade acadêmica. Admirava os advogados que acabavam sendo admitidos nas academias de letras. Dr. Herculano Pires era um deles, lembra? Sonetos de fina métrica, fechos d'ouro de uma precisão só encontrável em Bilac ou em Emiliano Pernetta. Mas isso é coisa para poucos. É, talvez eu ame com severo ódio a poesia... Desde cedo, a vida apertada, os desvarios do Pai, não nos permitiram sequer, afora as despesas do colégio, um curso sequer de datilografia. Coisa que aprendi, a custo e na marra, para me desincumbir com maior rapidez dos discursos parlamentares. Embora muitos deles eu os escrevesse à mão para, depois, diligente, passá-los à velha Remington da Assessoria.

Nem sei, Mano, que nome dar a isso aqui – se toada ou rock'n'roll. Talvez as tintas fortes de Jorge

Guinle Filho que sangram aprisionadas nos sempre estreitos limites de um quadro. Não o que se vê mas o que se pendura na parede, Mano. E é desse suporte que a tinta quer escapar feito um animal indócil e turbulento. Absolutamente incapaz disso posto que, quadro emoldurado, jamais poderá ir além, nem que queira, de um quadro emparedado vivo pela moldura, se é que me faço entender. Possivelmente seja um pouco isso o que vai aqui em forma de conversa no escuro, sabendo a esses escorridos em veraz truculência, rubros, pauleiras, êxtases azuis e uivos violáceos. É que há a hora do silêncio, Mano, e de suas águas. Delicada papoula, aquarela, a vida se faz num ímpeto de brisa e sopro. Não, eu não quero chorar, Bolaño, se é verão na Aldeia e os cachorros do bairro emendam um no outro os seus guinchos sem esperança. Nem tudo está perdido, eu sei. Mas o que é que sobra, Mano? Também desses restos, floridas exuberâncias, bizarros exageros, penso que sou a voz e você a escuta, uma escuta muda e estranhada na noite enorme. Feito um eco é que me ouves e que eu, insensivelmente sozinho, ecoo, escoo, morro um pouco de enunciar o que não se enuncia jamais, de elidir o iniludível. Não ignoro, Mano, o que se esgarça e tange nessa conversa no escuro – o último esgar do emparedado vivo, o primeiro sangue pisado que Ela vomitou naquele onze de outubro de dois mil e seis.

Só com olhar o retângulo da janela do quarto Dela eu poderia escrever um romance, Mano. Mas eu não quero chamar de romance a essa prosa acuada ao muro; tanta vez pusilânime. Sem o brilho dos heróis ou o desassombro de uma pequena coragem que fosse. Essa conversa no escuro, Mano, que agora que você não morre mais, branca de medo, feito um bicho aprisionado na casa deserta, ensaio conversar, a memória da memória da memória, seus escusos, seus baixios e degredos. Um bicho, Mano. Sobrevivente, sim; ilustrado, sim. De qualquer modo, entanto, bicho; bicho graciliano.

Lembro o dia, Mano – a sala, o almoço, o Pai, a Mãe, a galinhada de domingo.

Desde que nos sentáramos imperava em você um rubor, um silêncio, constrangido e inerme, lembro o silêncio, o barulho dos talheres, o Pai comendo de olhos baixos, a Mãe fingindo uma altiva indiferença na qual nenhum de nós em absoluto acreditava.

Você foi o primeiro a falar, Mano, não esqueço. O garfo a meio caminho da boca, os olhos sem coragem para encarar nenhum de nós, baixos como os do Pai, no tom de voz uma rispidez monossilábica, a inflexão inapelável:

– Vou embora amanhã! A Mãe me viu arrumando as malas... Arranjei emprego em São Paulo.

Todos sabíamos, de uma forma ou de outra, que aquela era a sua mentira – ou porque o conhecêssemos ou porque o andar dos fatos não se aliasse à realidade. E todos guardamos, no fundo do peito, uma espécie assim de rancor envergonhado, disfarçado de alegria.

A Mãe, comendo devagar, e sem apetite, não disse nada.

No dia seguinte, só o ruído branco de sua ausência, Mano, aturdindo a casa – a Mãe trancada no quarto desde cedo; Alzira, de avental e touca, iniciando os preparativos para o almoço na cozinha; o Pai nem Deus sabe aonde, fugindo, fugindo sempre de casa, ligeiro e ladino, dissimulado, o andar meio oblíquo, não sabemos se pelo álcool ou pelas circunstâncias, fugindo, um pássaro troncho de asa quebrada.

Espiei de longe o seu quarto, Mano – vazio. Apenas a imagenzinha de Nossa Senhora Aparecida em cima do criado-mudo, o lapso, o ato falho de um esquecimento que era bem mais uma lembrança.

E aquela visão, nunca tarde para confessar, principalmente agora que você não decide nem hesita, aquela visão, Mano, foi uma coroa gelada que me pesou o peito. Visão e gelo, ambos, súbitos; dilacerantes; e breves.

Dias depois, quando você, por telefone, chegou com a notícia, o que era a sua mentira ficou ainda mais escandalosamente mentirosa, isso fosse ela um segredo, coisa que há muito tempo não era. Iria se casar mesmo com a nora que a Mãe não desejava em absoluto, antes a repelia e a detestava com atroz paciência. "Gorda, Felipe! Gorda." Para ajuntar, o grunhido no canto do lábio – "Além de gorda e feia, mau-caráter, Felipe..." Vejo, nítido, como voltas o rosto para o chão. No fundo, secreto, você sabia – a Mãe não o daria de mão beijada para outras mulheres jamais. Você era assim uma espécie de propriedade afetiva da Mãe. Ela é quem o pusera no mundo e a ela, pois, pertencia o teu destino. Some-se a danação dos caçulas, ainda mais quando as crias são exíguas – dois, apenas, os frutos do ventre Dela, amém, que a primogênita morta infante não sobrevivera ao sertão profundo aonde fora dar a aventura do Pai, não mais que um menino, aquele tempo, 23 anos, derrubando árvores e transportando o madeirame abundante, de um lado a outro, os povoados que o Paranapanema margeia, sustenta e assusta. Bichos. Barrancas e balsas, os caminhões com cabines sustentadas a corda e arame, estradas de chão, os formidáveis atoleiros.

Eu e você – o Pai sempre à caça; a Mãe soberana. Na extensão do telefone a Mãe ouviu a notícia. Horrível que a Mãe ouvisse, na extensão, a conversa de dois homens, ainda que seus filhos. E pôs de lado o pudor, a Mãe, para invadir com sua língua, pura lâmina, a nossa conversa feito quem arrebenta uma corda tensa.

– Felipe, ouça bem! É sua mãe, Felipe! Se você casar com esta víbora eu me mato! Ouviu, Felipe? Me mato! Corda, remédio, não importa... – e nada mais disse, o aparelho de volta ao gancho com violência.

Mudos, ambos continuamos na linha. Era como se, de seu lado, você de novo não acreditasse, e eu, de cá desta margem, morresse ainda outra vez de vergonha, vergonha por você, verguenza ajena, vergonha de nós sob aquela tirania feita a lágrima e unhas. E assim ficamos, não sei que eternidade; e as minhas mãos tremiam. Só sei que você não disse palavra e assinalou seu ódio, e sua impotência, me desligando também o telefone na cara, e no silêncio antes disso, o balir do servo sacrificial, o estertorante balir do cervo sacrificial que só a mim foi dado ouvir; e para sempre.

O ninho puído e rasteiro, a família um ovo, ninho de judiação e judiarias. Amores sempre por um fio, você atado à Mãe mais do que por inimagináveis liames, para muito além de umbigos e placentas, húmus e úteros. O jogo duramente estabelecido – éramos uma inextricável extensão da Mãe. Não nos atrevêssemos a desafiar aqueles laços – o demônio da culpa haveria de nos jogar ao desamparo sem remédio nem Deus. O inferno dos deserdados. O fabuloso inferno dos que contrariaram sua origem até a morte da origem. Dos que cuspiram na fonte – a dívida, a morte, a ausência de perdão. A sina, sim, Mano, do Caim errante.

Sabe você bem – corre no sangue dos Souza, dos Souza de Oliveira principalmente, uma insolência de pobres-diabos enfatiotados, fingindo falsa modéstia sob o jugo da modéstia envergonhada que deveras sente, e sofre. O nariz sempre erguido dos Souza de Oliveira, ainda que meio quebrado, aquilino cheirando as nuvens, o férreo orgulho, tão férreo e bisonho que, por vezes, o sentimento soava brega, achincalhado, abaixo da linha do meio-fio – uma gente, ainda que pobre, nostálgica de remoto passado, celerada memória de rasgos de valentia, grandes assassinatos. Nem sempre inteiramente comprovados, convenhamos. A maioria deles passada de pai para filho. Lendas amotinadas de rasgos de bravura que cada geração acresceu com novos detalhes – a omitir naturalmente as crassas covardias, a cara no chão, obstinada, essa que sigo compondo, Mano, sem um orgulho sequer a fazer levantá-la do chão, a cara, o papo sob o pescoço, a calva, sem ter do que se orgulhar; uma sorte assim de fracasso que, menos seja, físico, tenta se esquecer de si, abandonar-se – talvez pelas aguadas, a sonetaria ridícula, ou pelo sexo clandestino praticado com pressa e obediência como é da natureza dos solteirões velhos a quem a vida está sempre matando de vergonha, para quem tem vergonha e pudor, Mano, essa raça nossa dos Souza de Oliveira. Mesmo quando reage não tira a cara do chão.

Lendas em que o Avô delirava, lembra, Mano?, sobre aquelas gentes d'antanho, uns barões de Cocais, do interior mineiro. Ali, sim, talvez a pompa tenha sido legítima e ao menos de senhores feudais os gestos, o fausto, as cerimônias do cotidiano carniceiro. Sob o jugo da culpa, legítima e procedente, admitamos, a fortuna terráquea lá longe de nossos tetravós – rudes e ricos; analfabetos cruéis; donos de pequenas fazendas ou de miúdos empreendimentos rurais – de plantadores de café a apicultores. Tios-tataravós, pelo alcoolismo, você sabe, Mano, pelo alcoolismo e pelo mulherio, dissiparam o pouco que tinham em menos de uma geração. Restou a história das bravatas. E essa cara no chão.

Deambulando os matos, fazendo pequenas roças de abacaxi no sertão, o Pai e a Mãe, em seus ranchos no fim do mundo, trataram de nos garantir que vivêssemos, Mano, ou que, no mínimo, sobrevivêssemos, para ser mais rente aqui nessa conversa que o vento leva. Depois, o abate das árvores se revelou mais rendoso, o transporte das toras pelas barrancas do Paranapanema, o Pai tentando a sorte – no jogo, no eito ou na trapaça.

As minhas aguadas, deixe que vos diga, jogo ocioso a que venho me dedicando há alguns meses, para trapacear o tempo e gastar as horas, sabia você que me ajudam a viver? Por mais crua a história em que viaje na raspa de seus pós multicores que sobre o vergê espalho, me ajudam a viver. Pingo com a ponta dos dedos aleatórias gotas d'água em cima do papel. A balançá-lo a esmo, ainda que com cuidado, vejo que aos filetes de água vão se imiscuindo magentas e amarelos que, por sua vez, esbarram num minúsculo amontoado azul e dali derivam roxos, violáceos, rosas, esquizos azuis, úmidos, misturados e logo secos, até a borda final do papel deixar, no rastro sobre o vazio, por exemplo, a cara abrupta de um cão. Às vezes uma grande borboleta ou indiscerníveis cadeias de montanhas, besouros e camelo, elefante, sóis tintos de sangue. Ajudam-me a viver mesmo que imagine para cada sugestiva nuança que ali vai se esvaindo, plástica e irremovível, as aleias de um velho cemitério, o rosto do Pai, lá longe, com seu bigodinho eternamente fora de moda, ou tudo o que na Mãe era um sorriso absurdamente em desacordo com a vida. E a mágoa sufocante com que nos amava, possivelmente com horror de nos amar tanto. Há que se perdoar da Mãe o excesso que nos fez moles e obesos. A você, por incrível que pareça, menos. É que, embora frustro sempre em seus intentos, Mano, você reunia, por vezes, coragem para desafiá-la, não se importando com que isso, face à Mãe, fosse uma forma de matá-la.

O que me faz, de novo, constatar aqui, não lá naquele artesanato de cor e cor, que só escrever dói como um murro sobretudo se a memória é a memória de nossa história tíbia, sem nenhum atrativo além deste que hoje é só meu, e a nenhum de vocês mais pertence – nem a você, Mano, nem ao Pai, nem à Mãe, nem de há muito mais tempo, à Avó pertence. Esta história desenxabida que, sem outra ocupação, ou terapia, mergulho nela – kamikase, suicida. Agora sim eu posso inventá-los à vontade e fazer de suas vidas o que eu quiser. Aumentar-lhes ou diminuir-lhes os caracteres, chamar a atenção para o que provavelmente ninguém chamaria. Já disse, isso aqui é uma tragédia mambembe, e como tal deve ser tratada.

Nada aconselhável, Mano, tarde da noite dos dias comuns, sobretudo para um coração fraco, ficar aqui a puxar angústia, a dor que, vaga, nem dor é mais, puxá-la pelo cabelo, também nas horas quase táteis dos domingos da Aldeia. Lembrar e escrever; escrever e lembrar. Não, isso não me acalma os nervos nem me atenua os dias. Mas preciso escrever ao menos para não deixar que passe pela água do tempo a nossa lenda desimportante, Mano. Memoráveis e longos os dias tolos e nem por isso, aí é que está o nó do que vos narro, menos cruéis.

E depois tem que escrever se impõe como vício e ofício do qual não poderei jamais sair, funcionário aposentado, sem dúvida, mas obsessivo amador das letras, desde cedo amador das letras, com três dúzias de sonetos e alguma prosa editados aqui mesmo na Aldeia, por conta própria, forçado pela

Hilda, em gráficas de fundo de quintal, como a do velho Snege que, acho, já referi aqui. A Hilda... Ah, a Hilda! Coitada da Hilda. Uma que outra nota, falsamente entusiasmada, na coluna social, e pronto, eis então o momento de distribuir a nova obra aos poucos amigos. Coisa na qual também só a Hilda se empenha. Algum exemplar, a instâncias de um jovem poeta que conheci por aí, remetido, pelo sedex, ao jornalista famoso de São Paulo. Claro, nenhuma resposta. São deselegantes os jornalistas de São Paulo – nem respondem para acusar a chegada da remessa. Têm coisas, admito, mais importantes com que se ocupar. Perder tempo com um provinciano amador? Só o jovem poeta, amigo da Hilda, coitada da Hilda!, capaz de acreditar que isso um dia viesse a acontecer.

Dizem que, depois da internet, ninguém mais escreve cartas, Mano. Eu é que não vou me envolver, a essas alturas da vida, com essas máquinas tresloucadas. E nem preciso delas, dispensáveis em meu cotidiano que necessita apenas uma caneta ou um lápis, cadernos, papéis, a reandar através deles a memória da casa e do que foi não só a memória da casa, mas a vida que por ela passou e hoje tende a noticiar não mais que a velhice, e a nenhuma esperança. Alguém que envelheça pode fazer disso uma epifania? Só duas alternativas, Mano, o que é ainda mais vil: envelhecer; ou morrer. O que parece óbvio, mas não é tanto. E desse modo, como a última, a imemorial indesejada das gentes, ainda não me aconteceu, me avenho então com a operação sinistra de ir morrendo a cada hora que passa. Só você, Mano, não envelhece nem morre mais. Restrito a um nome sem mais presente nem mais futuro. Deve ser horrível, Mano, deve ser horrível não haver mais futuro.

Hoje não houve Alzira, nem o rádio ligado na Colombo AM, o falatório confuso – e mal sintonizado – do locutor e dos *jingles* insistentes, nem, por toda a casa, o estralejar das chinelinhas, incansáveis, da velha, e o pequeno alvoroço doméstico. Acordei tarde, outra vez. Cansado – os cigarros excessivos da noite anterior, o excesso de café, de vinho. Não tenho parcimônia; nunca tive. Compulsivo e atabalhoado, Mano, mais agora quando o gozo da aposentadoria, para usar esse substantivo horrendo, me permite alguns exageros. Não dessa vez em particular, mas o massacre a que me imponho é realmente um vício.

Foi como se um silêncio longo e pesado, sem variar de modulação, tomasse conta de tudo e de todas as coisas – do tapete aos armários; daí aos lustres e, destes, aos cantos sozinhos da sala. Agora, pontuais, são eles, Mano, os sabiás, que põem o silêncio ainda mais fundo e merencório. Já disse, sou amador de tudo e só escrevo essas notas aqui para, quem sabe, restabelecer conexões perdidas, para que um desamparo metafísico, eu diria, não me faça desabar no vácuo, recorrência estúpida, a recorrência do desamparo de um homem, engrenagem solta, desconjuntada, no vácuo, Mano. Nada me liga a nada. Sou só um óvni em órbita de um planeta obscuro, um planeta de que nem mesmo eu sei o nome, a rota, a direção.

Pior agora, Mano: nauseantes, quizilentos, indesejados, os sabiás, entanto, não perdoam – tecem uma algaravia de sons – intermitentes, tristíssimos. Os sabiás, me diz uma voz com medo, deveriam ser exterminados como os chineses exterminaram os pardais a mando acho que do Mao Tsé-Tung. Nenhum sabiá mais no mundo com essa precisão horária enervante. Seria um alívio. Um tempo ainda os suportei, desde esta sala e esta casa. Às quatro e meia da madrugada gorjeia o primeiro sabiá a antecipar a manhã, logo outro responde, a mesma música rebarbativa e triste. Curioso, um sabiá não atravessa a emissão do outro, pia solitário o mesmo e igual pio, a ponto de nunca sabermos onde começa um e termina o outro. O que sei, e já nem sei mais depois dos tampões de silicone moldáveis ao ouvido que passei a usar, não suportando dos sabiás a melodia sinistra, o que sei é que quando um canta outro escuta e assim tão sucessivamente que chega a parecer, com dor, que há apenas um sabiá no universo, a exigir de nós piedade, os bicos grosseiros e encardidos espetados contra o céu que já ensaia, ainda em escassa claridade, a manhã.

Lembro da Avó, e dos domingos na casa da Avó, Mano. Lá atrás, arrumadinhos, sapatos escovados, topetinhos duros de gumex, os dois, a marcha quase silenciosa ao longo da Stellfeld até esquina com Ébano Pereira. Ali, a pensão do Avô, e os primos e os tios e as cervejas e as gasosas e a macarronada exuberante.

Sempre julguei um pouco ridícula essa espécie de lembrança. Nunca pensei, Mano, que as teria também, feito agora as tenho, como quem abre uma gaveta onde ficou, por muito tempo, o papel que algum dia embrulhou, por exemplo, um pêssego, uma maçã. Aéreo perfume, mas, ainda assim, perfume, a evocar, mesmo que rarefeito, o passado, essa coroa de gelo no estômago, e sobre o coração; e esses bosques de vidro, as para sempre perdidas ilusões.

Só os sabiás insistem e se tiro o tampão do ouvido os ouço de novo, a cantilena desengraçada, sofrida, humilde a pedir por nós. Mas eu, Mano, os recuso, profundamente recuso a eles até uma misericórdia. Deus – se existe! – é que tenha piedade de nós.

Apanho da estante o gasto livro de Edgar Allan Poe. Assim que amanheça, a ela, à estante voltará o vampiro lírico, o velho vampiro docemente inocente, e cristão. Nos escondemos atrás dos mortos, Mano. À sombra deles, já disse, ainda que nos julgando sinceramente imortais, nutrimos a memória com que existiram e, por vezes, desconfiamos de nós mesmos – se somos os mortos que evocam os vivos já mortos ou se os vivos ante a grandiosa exasperação de sermos efetivamente os vivos que fazem viver os mortos através dessa mesma memória, cambiante, difusa – feito um alvoroço de passarinhos.

Os sabiás não dão trégua, Mano. Sibilam ao luar de verão para que amanheçam logo as árvores das ruas e dos quintais. Incrível ainda existam os quintais aqui onde a Aldeia exibe, fulgor barato, os prédios revestidos de pastilha e vidro, aço e raiban.

Entre os vivos, só a Hilda sabe-me à intimidade. Os piás – bem raros – que por aqui passam e vão – não posso pôr na conta da estatística. De outra intimidade a sutil estranheza com que passam e vão. E me deixam ainda mais sozinho.

Tudo isso pertence à vida, costuma dizer a Hilda, surpreendentemente óbvia: a língua do enforcado, os olhos abertos do cachorro agonizante no asfalto; as vênias da dançarina; a epifania do anjo; as rodas da fortuna; os jogos de dados. Tudo isso pertence à vida, repete a Hilda.

Só a Hilda, Mano. Alfredo, o velho Alfredo, musicista e bêbado, viajou a um curso na Áustria e acabou morrendo na Alemanha, de cirrose. Laurinha, tão formosa, tão catita em seu um metro e cinquenta, quase anã, a voz pequena entanto rouca e grave, casou com um homem feio e enorme e está morando em Manaus. Vez em ano liga – "Saudade, Frederico... Quando é que você vem nos visitar? Aqui tua cama e teu colchão...". Respondo com desfaçatez: "Só se em quarto com ar-condicionado". Ela confirma que essa foi a primeira providência, sabe da minha fobia aos verões, irrespiráveis. Odeio Manaus sem conhecê-la só pelo que me chega de lá através da Laurinha, e tem que o calor manauara (ô palavra antipática!) é dessas realidades indesmentíveis. Calor úmido ali onde moscas gordas e prenhes voejam, horrendas como morrer. Só a Hilda, quando pode, vem até aqui,

Mano. Mesmo ela nem sempre me liberta desse estupor e da demorada catatonia que muitas vezes me paralisa os dias. Mesmo no inverno. Imagina com esse dezembro ingente em que sabiás e cigarras parecem tornar a Aldeia ainda mais asfixiante. Nunca mais soube do Lucas, tantos anos seu colega de banco, acho que o único amigo que você fez em sua breve vida, Mano. Nunca mais o Lucas. Dia desses, revendo agendas, liguei para ele – o número do telefone fixo caía sucessivamente numa gravação a informar que este telefone está temporiamente desligado. Tentei o celular, anotado por você mesmo Mano, na minha agenda e além de arrepiar-me o fato de rever ali, demasiado nítido, o seu registro de vivo, caiu umas duas ou três vezes numa caixa postal sem identificação. Nunca mais o Lucas. Nunca mais a Janira, gordota, as mãozinhas rechonchudas com unhas invariavelmente pintadas de roxo; nunca mais Lenora, a Iza, dona Arminda, seo Anselmo, o polacão meio amalucado que nos contava coisas da guerra mundial, e bebia como um porco. Só a Hilda, Mano, insuportável quando retira da bolsa o volume já gasto de uma antologia de Fernando Pessoa e recita à exaustão os poemas que ela classifica de zen do Alberto Caeiro e nova angústia me põe a garganta seca e o coração gelado. Tenho sagrado horror a Caeiro, Ricardo

Reis, Álvaro de Campos... Mas o Caeiro me faz sofrer mais, Mano. É uma poesia frouxa e forçadamente inocente, falsa em vários sentidos, a louvar poentes e ovelhas. Argh, Pessoa me causa engulhos. Aliás, raros os poetas que me fazem a cabeça. Os ingleses são de uma chatice árida, insuportável; os franceses, doentes, enfermos, cediços. A poesia, os sabiás e as cigarras bem poderiam não existir no mundo. Aí a Hilda não me xingaria de nazista, não arrancaria de mim a sonetaria barata, e nem eu teria que suportar o modo como ela lê Fernando Pessoa escandindo verso a verso para que eu atine com a beleza e com o que ela chama de êxtase poético. Ah, a Hilda, Mano... Ao menos eu a tenho, tenho a Hilda, Mano, a andar com suas botas e seu bundão de cinquentona por essa vida cachorra. De pura maldade componho mais um soneto – horrorosamente amadorístico, mas com as rimas certas e o chamado fecho d'ouro. Se a Hilda aparece por aqui, passo o poema manuscrito a ela e, o que já não é mais surpresa, acabo vendo-o publicado na página de domingo de um desses pasquins politiqueiros da Aldeia.

A Hilda é tão sonsa, Mano... Coitada da Hilda... Recorta o soneto e me traz só o recorte porque tenho outro sagrado horror que ela conhece, e bem – o de ver o soneto na página, feito aquilo ali fosse a pública arrogância de uma vaidade. Coitada da Hilda, Mano. Pensa que, mesmo à minha revelia, lá no fundo aquilo me faz feliz. Acho que a Hilda tem é pena de mim, Mano. Coitada da Hilda.

Agora, Mano, é a noite, a mesma e imemorial noite do bairro *new-kitsch* que nos acolheu um dia, região posta à margem convertida hoje em polo referencial da cidade. Terminais de ônibus expressos, prediozinhos acanhados e as casas d'antanho – persistentes; algumas de madeira, com lambrequins e ali, ainda, a chaminé do jurássico fogão à lenha.

Dia desses, o retrato, não sabido, dentro de um velho livro. Ao virar a página, sonolento, depois de alguns bons minutos de leitura, ei-lo que desprega da página, ali não sei há quanto tempo, e inusitado, gira e cai entre as cobertas, de borco, o reverso encardido, manchado.

Desviro o retrato num gesto autômato. Nele estamos nós: um longínquo domingo no Passeio Público. A foto é de uma beleza inesperada e exasperante. A Mãe, em pé, na grama, a saia godê; o

Pai, também ereto, o terno de paletó trespassado, a gravata, o chapéu; você de um lado e eu de outro, ambos de calças curtas, ambos de azul-marinho, o branco colarinho fechado.

Atrás de nós a vegetação, os pedalinhos do lago – esmaecidos como se numa tela impressionista, tanto o tempo descoloriu o retrato mambembe. Mas estamos nítidos, os quatro, numa harmoniosa composição, quase artística, eu diria, Mano, não fossem fuleiros modelos, fotógrafo e paisagem.

Fragmentos, pequenos textos a marcar o andado da hora, nem sempre na ordem em que as horas se põem – mas engolidas pelo tempo como quem despenca de um abismo. Pinheiros & precipícios. Cores fortes, repito, ainda que de aquarela, cores fortes e sombrias, possivelmente a exalar alguma ternura, a mexer com esses afetos, com essas afeições insubstituíveis, às vezes prosaicas, ali onde, queiramos ou não, se fazem – ou se desfazem – os laços de família.

Nenhuma coragem de rever os velhos álbuns onde guardamos a nossa cara de meninos; e do Pai, da Mãe, uns olhos buliçosos, juvenis. Não põe sal na ferida, Frederico – ouves? Longínqua a voz da Mãe, a pôr termo ao assunto doloroso, vulgar, assunto que eu repisava com um gosto perverso. Ela mesma amuada e sem esperanças, deixando cair a frase como deixava cair os ombros, sentada no gasto sofá da varanda.

O dia em que chegamos à Aldeia, Mano, o que com certeza você não lembraria nem que ainda vivesse, vindos do Norte vermelho, o Pai leu numa parede da estação de ferro o cartaz que anunciava, para dali a um dia, no Água Verde, uma conversa de cães num bosque de pinheiros.

Na pensão da Eufrásio Correia, no mesmo dia seguinte, logo cedo fomos ver a fonte no meio da praça – como ela fosse um triunfo. Mulheres nuinhas enroladas em peixes que vertiam água pela boca verdoenga de limo. Mas sobre isto, o Pai lembrou, o cartaz da estação de ferro não tinha falado coisa nenhuma.

O Pai disse que iria levar as crianças para ouvir a conversa dos cães no bosque de pinheiros, assim que desse a hora aprazada. Eu e você, Mano, não sabíamos o que era hora aprazada mas mesmo assim esperamos comportados como meninas.

No dia seguinte ao dia seguinte o Pai disse que era o dia. E seguimos num ônibus, que tinha a frente feito fosse um grosso nariz comprido, e que eram chamados no Norte vermelho de jardineiras. O Água Verde demorou a aparecer. E quando o Água Verde apareceu foi um assombro. Tinha casas de madeira e ruas de pedrinhas nem que as de nosso povoado caipira.

Aonde descemos do ônibus havia pipoqueiro e vendedor de algodão-doce. Espantou-nos apenas que fossem azuis. Nunca tínhamos visto algodão-doce azul na vida. Mas o que queríamos mesmo era escutar a conversa dos cães no bosque de pinheiros que o cartaz da estação de ferro anunciava o dia em que chegamos à Aldeia.

Mas já era muito tarde, começava a escurecer, e além do algodão-doce azul o Pai não nos comprou mais nada, sempre falando da conversa dos cães igual que ela fosse um raro pudim, salada de frutas, vitamina de abacate. Mas já era muito tarde e só sei que andamos a pé até chegar, quase noite alta, de volta à pensão da Eufrásio Correia.

Antes de dormir, o Pai disse, lembro hoje como se hoje fosse, que se nos comportássemos, no dia seguinte, além de irmos de novo à fonte, a gente ia escutar, no Água Verde, agora sim, a conversa dos cães no bosque de pinheiros.

Há muito tempo, quando de sua curta temporada em São Paulo, admitamos logo, Mano, mais para magoar a Mãe – ou, de pura vingança, para que de você ela sofresse o aguilhão da ausência –, numa nevoenta noite de junho, difícil esquecer, a Hilda literalmente arrastou-me ao teatro Guaíra. Para assistir, veja você, a uma coisa que detesto mais que o próprio teatro – a um espetáculo de mímica. E pior: o de um obscuro mímico uruguaio do qual, por suposto, não recordo o nome, e que por aqui passava, incensado nas páginas dos diários locais como a quintessência latino-americana da arte mímica.

Lá fui eu com a Hilda a enganchar, no meu, o seu braço gordo, macio, quase uma carícia aquela proximidade da Hilda, ainda que eu soubesse que com isso o que ela queria mesmo era se assegurar que assim não perderia o equilíbrio, os terrores da Hilda – se você pudesse, se lembraria –, os terrores da Hilda de uma sempre iminente vertigem. A Hilda. Ah, a Hilda... Coitada da Hilda!

Assim que começou a função à toda hora me olhava, o canto do olho da Hilda escuro de rímel, os cílios postiços, a se mover para a poltrona ao lado, onde me sentara, ou às vezes fingindo varrer com os olhos, os dois, meia plateia, o pescoço da Hilda inteiramente virado à esquerda. Só para que no retorno do olhar ao centro do palco, ganhasse a certeza de que eu não me aborrecia e assim colher-me em cheio a expressão, certamente mais para parva do que para curiosa.

Confesso que apesar de modernosa, nem de todo má a pantomima do *clown* uruguaio: o rosto branco, os lábios em negro contornados por fina risca vermelha, ao meio de uma luz redonda e inquietante, em absoluto silêncio, a imitar o andar de uma garça, ele foi de um extremo a outro do palco. Na volta, em mesmo andar e mesma luz, estacou súbito. Junto o público cessou o riso com que parecia saudar, excitado, o início do *show*. E aí o mímico duas ou três vezes saltou uma linha imaginária traçada por ele mesmo a deslizar no vazio a ponta do indicador da mão enluvada.

Abaixando-se, bem rente ao proscênio, deu começo então a uma atividade inquietante: parecia colher do chão, com o indicador e o polegar da mão direita, minúsculas formigas. Ou seriam pulgas? Ou piolhos? Ou miúdas sementes? E quando sugeriu a mão esquerda cheia deles, passou a mastigá-los avidamente, a boca aberta, muito nítido o lábio em negro e o contorno vermelho. A dublar o som ruidoso de mastigação que ecoou pelo teatro, para susto e gargalhada da plateia, passou a triturar nos dentes o que catara do chão com minúcia e gozo. Outra vez, nunca esquecerei, novo som: agora o de chumbinhos a chacoalhar numa garrafa de vidro, ou coisa que o valha. O mímico se sacudia feito fosse ele próprio a garrafa imaginária. E à superfície do negro cortinado do fundo do palco, foi projetada, em letras garrafais, a palavra angústia. Novos chacoalhamentos, o mesmo ruído do que sugeria dezenas de bolinhas de metal a chocar-se contra um vidro, e aí era ele, o mímico, que se sacudia todo, feito o que engolira se houvesse multiplicado em sua pândega barriga, e quanto mais a agitava mais igualmente os hipotéticos chumbinhos agitavam-se dentro dela.

Para perplexidade geral, de repente, a movimentos contínuos de quem regurgita, expelidas da boca do mímico bateram seco contra a madeira do palco, a rolar aqui e ali, o que todos supusemos tratar-se das mínimas bolinhas metálicas. Não que existissem, claro, mas era como se existissem, e no que a sonoplastia do espetáculo punha todo empenho a que acreditar viéssemos.

De novo a palavra angústia reapareceu contra o fundo em negro do palco e um tango de Astor

Piazzola gemeu, bandoneón dilacerado, sofrido, visceral, ao mesmo tempo que mais e mais o mímico regurgitava o que mastigara, em continuadas síncopes, até que estacou estirado ao palco, o canhão de luz buscando-lhe a boca, agora agônica, até fechar-se completamente e, junto com ela, os olhos. O corpo, em estremecimentos, morreu então de vez ante o aplauso da animada plateia e o rasgo de um tangaço demolidor. Foi como se o final de um primeiro ato.

Zonza, a Hilda agarrou em mim a sua mão rechonchuda, macia como a pele de seu braço pesado e fechando os olhos de grandes cílios, Mano, a Hilda chorava e ainda mais me apertava a mão sobre o encosto da poltrona, a gemer baixinho, discreta a Hilda, e a revelar que, meu Deus!, dali jamais conseguiria se levantar: palco, plateia, o côncavo teto do teatro, as paredes recobertas de um discutível veludo bordô, tudo girava e girava, na cabeça da Hilda. Assim que as luzes se acenderam pude ver que não exagerava: mais branca que o mímico, a Hilda premia os olhos fechados, sujos de lágrima e rímel, e colava-se a mim, as unhas pintadas de esmalte roxo fincando-se fundo na pele do braço.

Não era nada, soubemos depois. Só o pastiche da Hilda, a ideia de que a exemplo das bolinhas metálicas, ou coisa parecida, também debulhava-se toda, desgarrada, solta ao léu e à própria sorte – vertiginosamente.

Nunca mais voltei ao Guaíra – nem mesmo para um raro concerto de Ray Charles.

A Hilda. Ah, a Hilda! Coitada da Hilda...

Era como se dissessem que uma coisa era desembarcar nela, na Aldeia, forasteiros; bem outra ver nelas nascer seus netos, bisnetos e até os tataranetos. A Aldeia era deles de um modo quase mesquinho. Como se isso conferisse aos migrantes europeus, polacos principalmente, árabes, armênios, uma certidão de posse, a prevalência com que nos olhavam, de cima, os olhos azuis. Roceiros eles também, caipiras de outras plagas e sotaques.

Acabávamos, contudo, nos entendendo.

Lembra, Mano, lembra. Você era tão pequenino que se lembrar jamais haveria de. Assim que o Pai arranjou o primeiro jeito de a gente vencer a Aldeia, duas ou três semanas depois do desembarque na estação ferroviária vindos do Norte vermelho, a cena, as cenas, os embates.

– Polaco!

O xingamento batia feito porrada. Sabíamos.

– Negrada!

A resposta vinha na fronteira do cuspo, no trecho de terra da Visconde de Nácar, esquina com a Saldanha Marinho. Em jogo, mais que a cor, o sentimento súbito de dignidade ameaçada:

– Negrada!

Espumávamos de raiva na sala de jantar da pensão de muitos quartos, casa de quatro olhos abertos como janelas sobre a Saldanha Marinho, arrendada pelo Pai, com os caraminguás trazidos do Norte vermelho. Quase sem nada, muito antes deste Bigorrilho e desta casa aqui metida a palacete, a família chegou no trem da fome, embarcada em Joaquim Távora.

No alheamento de crianças impossíveis não percebíamos os horrores que imperam sobre a necessidade aflita – nos arranjos e desarranjos pela subvida.

Pingentes do interior, caipiras, nos misturávamos a eles, aos polacos, como também às noites de saravá dos adeptos da umbanda e tentávamos decifrar, da casa em frente, do outro lado da rua, o mistério dos japoneses – escondidos sempre, arredios sempre, como se a diferença deles fosse uma dor.

Experimentava-se o pepino azedo a princípio com nojo e logo depois, gulosamente, e aprendíamos com os polacos a exata maturação das uvas nas parreiras improvisadas no fundo dos quintais. De cor fixava-se o tempo das maçãs, das peras e da ameixa-amarela. Com os polacos, a família se iniciava, Mano, paciente, na arte das compotas nos vidros Trevisan – enxutos, cristais, espelhos.

E era curioso que aqueles meninos, que em casa falavam a língua arrevesada dos pais, nos corrigissem o português ordinário, e com o mesmo entusiasmo nosso fossem matreiros e habilidosos no "jogo do bafo" com os papéis das balas Zequinha – disputadas na sorte e no braço. Entendiam da vida, os gringos, Mano, seres reais, carne-e-osso, comuns como todos. E isso ante a nossa inexperiência era alguma coisa espantosa.

A nossa cidade sertaneja ficou sendo mesmo um sonho que a Aldeia, intermitente, dissolvia na memória.

O que a lembrança recolhe com dedos de melancolia, é o fotograma incolor da vila pobre, as casinhas de madeira sucedendo-se – da Saldanha Marinho até o muro dos fundos que dava para a rua dos Chorões. Só a nossa pensão triunfava, casa velha, imponente, abrindo a procissão de chalés, quintais, hortas, árvores, parreiras, crianças e galinhas ciscando os pátios.

– Negrada!

Os polacos devolviam a provocação – sem saber que em tudo nos parecíamos: eles, com o cabelo cor de burro quando foge, os invejáveis olhos azuis, as sardas; nós, capiaus interioranos cheios dessa estranheza com que índios acostumam-se aos brancos, e mais, emoldurada pelo cabelo preto, liso, a nossa cara de vulgaríssimos olhos escuros.

A pele, queimada pelo sol do Norte, desbotava, baixo invernos rigorosos e desusados. Sentíamos, Mano, o inevitável banzo das terras batidas pelo poeirão vermelho – uma nuvem de pó perseguindo as jardineiras.

Aqui, Mano, baixávamos aos hospitais (públicos) com a mesma frequência incômoda com que o frio atacava amígdalas e faringes.

– Polacada!

– Negrada!

Amávamos com ódio – assíduos, uns e outros, às vezes mais, às vezes menos, em tocar a corda do variado entendimento. E íamos, cada um de seu lado, empurrando a vida miúda.

Crianças, sentíamos na pele outros pedaços. A notícia veio arfante, quase um engasgo, Mano, no rosto vermelho do Gordo:

– O Lau morreu afogado.

Éramos cúmplices, todos, da causa da morte: corria a rua e era assunto nas casas da vila, a surra que quase todos levamos, e à mesma caída noitinha, porque uma semana antes, fora Lau a vítima nervosa do batismo nas águas das mesmas cavas do Bacacheri que agora o matavam. Delatados, todos os olhos nos perseguiam.

E a morte era o Ladislau morto, o Lau, Mano. A morte era também uma sala com a imagem de Nossa Senhora de Czestochowa, único objeto familiar que nela restara, depois de retirados os móveis e dispostas ao lado das paredes as cadeiras de palhinha. No centro da sala, a morte também era um caixão que nossos olhos evitavam.

– Polacada!

– Negrada!

A morte doía, pela primeira vez doía a morte, na manhã de sol da Aldeia. A morte era nosso primeiro pecado público. Nos envergonhávamos e sofríamos, cúmplices, todos os piás da rua – humilhados, o acontecimento inédito.

Necessário se conformar – outros, igualmente polacos, haveriam de suceder Ladislau, principalmente o irmão mais velho, noivo, que tocava gaita de boca e tinha músculos de cavalo.

Renovava contudo a pergunta: como poderiam ser brasileiros aqueles seres brancos, frios e encapotados, de cabelo amarelo e olhos claros, tropeçando na língua embaralhada? Mas eram: na missa, no catecismo, nos casamentos, nas dificuldades pequenas do dia a dia, na pechincha e no circo, nas grandes bebedeiras e nos velórios.

Mas o que persiste é a morte aterrada na manhã da nova cidade, o escuro do quarto e o coração apertado:

– Polacada!

– Negrada!

Na foto antiga o que sobressaem são os lábios; murcharam agora, Mano, foram ficando, com o tempo, com o irrefletido caos das horas, mais finos – como se a eles todas as palavras os tivessem encolhido até aqui, os vitupérios, os escarros e o que a espessa saliva dos tabagistas sem cura, ao longo dos anos – tempo, há quanto tempo? – vem umedecendo de suas babas e humores.

Os olhos quase nada dizem a não ser que a tarde é inocente de nós, de nossa magrura, de nossos cambitos ligeiros no drible do futebol de rua, mais de uma vez quebrados, nos jogos, nas estrepolias, nas espetaculares quedas de bicicleta.

Estamos os quatro: você, pequenininho e quase gordo, de boina e suspensórios, e eu ensaio uns ares fatais, já, àquele tempo, cênicos e arrebatadores. A Mãe, o Pai.

Logo vocês três serão apenas três nomes distintos e a memória que eu quiser inventar de nós, como se inventa um romance, a fraude de um documento histórico ou a fotografia – irascível – com que um documentário, por hipótese, tenta o registro do real – essa coisa igualmente misteriosa e que, a exemplo do sonho e das nuvens, também se evola no ar que nos consome.

Um silêncio de veludo, no muro vizinho as buganvílias.

A vida ficou ainda mais triste, Mano. Mais triste do que sem sentido ou sem sentido porque triste. Tiro o retrato da parede. Me recuso a olhar o que já vejo obsessivo com esta mirada que é dentro, e fundo e em definitivo. Não há salvação para este tipo de olhar, Mano. É uma coisa que olha e pronto: impossível não enxergar mais, deixar de ver assim num gesto voluntarioso, por mais seja sincero deixar de ver, ou não querer olhar. Retiro o retrato da parede e o guardo rápido, temeroso de que meus olhos me traiam e tentem ver o rosto da Mãe, a pinta bem no meio da face, o seu olhar de moça e você no colo dela, com a camisa de um time de futebol, as bochechas de furinhos, rindo um riso que o tempo comeu. Eu tenho raiva do tempo, Mano, eu tenho muita raiva do tempo que engole cenas e seres e já devora, faminto, até esses papéis onde lembro coisas, intimidades, com o fito de resguardá-las ali onde o Pai dizia que as coisas perenes moravam – os álbuns, as gavetas, as cômodas e os guarda-roupas recendendo a naftalina.

A vida é triste porque somos inevitavelmente íntimos de nós mesmos e não há quem se suporte quando se olha para dentro – sincero, honesto consigo mesmo, veraz. Eu não sou um escritor que escreve como os meus contemporâneos; nem escritor nunca fui, Mano, só um leitor compulsivo e capaz de alguma audácia, como essa escrita aqui no escuro, e alguns dilentantismos pelo passado. Agora é definitivo, Mano, para que eu me salve de você e de mim. Sou só um observador, isso sim, do voo dos urubus desde o altíssimo céu, desde esta janela, ali o primeiro cipreste, um recorte de azul. Queria escrever chulo e grosso, Mano, que a vida é escrota, mas temo que ao dizer isso a vida me puna. Quando a confissão quis brotar, de sufocado amor brotar, a mão do funcionário público, o dedo branco e encardido de nicotina, as unhas um pouco sujas, como que se detiveram, as mãos – numa paralisia humilhada. Estou vazio por dentro; por dentro e por fora.

Olho para o retrato, moldura azul-bebê com friso dourado, e um delicado mau gosto perpassa o quadro, a foto, a moldura da foto e a parede da casa, a parede do tido e havido palacete (de tijolo e madeira) onde ele sempre esteve. Você sorri um riso de cria nova nessa alegria que hoje me revolta, a alegria da infância, a dizer que tudo não passa de mágicas, pó de pirlimpimpim a mandar um recado aos sobreviventes, os quarentões, aos sexagenários, que a vida é triste, triste e esquiva e é na falta de um sentido que ela me empurra ladeira abaixo, aqui onde corajosamente movo-me na direção da manhã que há de nascer daqui a pouco, a algaravia e os trinos, os pardais incansáveis, os tico-ticos, os sabiás de renitente melancolia, a violência lilás com que o dia nasce a irromper do casulo da noite, indistinto e triste, nem noite nem dia, a sombra gelada do velho cipreste, mais além os pinheiros, um cheiro a limão e café forte – de onde virão se a rua parece mergulhada num sono silencioso e no vácuo, Mano, no vácuo como a vida? Aqui, onde caímos para nos salvar de nós mesmos, o pânico desamparo com que, precários, na friorenta manhã, nem sei mais o que esperamos.

Largo o livro sobre o pequeno aparador da sala. Há ali, sempre houve, um espelho. De relance vejo a minha cara, uma cara enorme, os cabelos (cabelo?) confusos e ralos dos dois lados da cabeça, o nariz grande, a boca um pouco caída, os vincos até quase o queixo. Não seguirei a leitura, interrompida desde anteontem. Como pode uma pessoa que diz me amar do mais fundo e fraterno amor, feito a Hilda, me indicar um livro desses, numa hora dessas? Ah, a Hilda! Coitada da Hilda. O romance, do americano William Faulkner, de quem, confesso, nunca havia lido nada e muito pouco ouvido falar, abre a história com um detalhe (detalhe?) arrebatadoramente sinistro: enquanto a matriarca da família remediada e rural, agoniza, possível ouvir desde o seu leito de morte o ruído do serrote do filho, serrando, serrando, com um ímpeto desesperado, choroso, as madeiras que servirão ao caixão com que a mãe será enterrada. Madeira ordinária, serrote que, pouco afiado, serra e engasga, serra e serra e serra; e engasga. A Hilda... Ah, a Hilda! Coitada da Hilda.

Compulsivamente, algum tempo depois, ao passar ali, junto ao aparador, pego de novo o livro e de modo distraído dou com a carantonha medonha ao espelho. Sexagenário, Frederico, sexagenário. Os ombros caídos do farsante.

Lembro a cena em agonia, o serrar contínuo, o sul do sul do Mississsipi, a tarde, o engasgo do serrote, o vento e o ruidoso roer do serrote entrando pela janela. Só ela vê o pedaço de céu e de azul e ouve, ainda que moritura, o barulho do filho ocupado com martelos, pregos, madeiras, serrotes, na área cercada à frente da casa.

Jogo o livro contra o espelho, na desesperação de quem acabou de entornar dez uísques e fumou duas dúzias de cigarros, sem maiores consequências que um volume então de capa ainda mais amassada. São fundas as tragadas que dou no cigarro, Mano, docemente fundas, arpão que me sacia, mais que os pulmões fissurados, a alma. Sim, a alma, Mano, é esta que pede por nós e chora uma lágrima de vidro sobre o tapete vermelho. Úmida e sozinha, uma lágrima... Que se estilhaça ao dar com o chão...Você já viu assim, um dia, uma lágrima que, caindo sobre o tapete carmim, o umedece, só um minúsculo ponto, e o carmim, por molhado, no minúsculo ponto fica mais escuro? Como se aquela ínfima gota recém-dissoluta chorasse também, chorasse outra vez, a própria lágrima, Mano, caída, aos prantos, de nós.

Antes de apanhar, sem pensar, o livro do aparador, para abri-lo num trecho a esmo e sei que nem por isso de menor impacto, a lembrança do serrote é a que fica e fica, serra e engasga, a cada frase, a cada mundo obsedante em que se encarceram e se entrelaçam as personagens, mas antes disso, hosanas!, a campainha do portão me salva. Pela janela entreaberta, vejo a Hilda, a Hilda debaixo de uma sombrinha lilás, a se proteger deste sol de dezembro que nos cozinha os ossos, as virilhas, a nádega, as axilas, a parte de trás das coxas. A Aldeia, já disse, Mano, vive um verão desusado.

A Hilda, ainda bem que tenho a Hilda, atrapalhada como qualquer um de nós, aturdida e atrapalhada. Nem tudo está perdido, Mano – tenho a Hilda, e vê, Mano, que sonha agora no portão uns olhos de céu de interior, a Hilda. É, Mano, tenho a Hilda. Vou correndo procurar o controle do portão automático para que ela entre com suas sombrinhas furta-cores, seus olhos de entardecer interiorano, a Hilda que é assim como um tenso fio que me ata ao mundo. Se ainda há mundo, Mano, e este vosso irmão não sonha apenas, pesadelar, os crepúsculos da Hilda.

Esta, Mano, é bem remota, e dela, tenho certeza, sua figuração de vivo não foi contemporânea. No ermo do ermo do sertão profundo, somos apenas um rancho, a Avó, mãe da Mãe, e o Pai longos dias enfurnado na mata, torando madeira, e, depois, levando-a aos portos do Paranapanema. Você, Mano, ainda não há.

As noites cavalas, no breu só a dança dos vaga-lumes, salpico azul e prata, acendendo e apagando, apagando e acendendo terreiros e floresta, chão e chão, céu e céu, o verde-escuro da mata, os cicios, o rugido da pintada, sons indiscerníveis; ameaçadores, não por selvagens, mas pelo que guardam, no reverso de si, o aziago, prenúncios, notícias, cochicho e choro, ranger de dentes, o livro sagrado lido aos tropeços, pelos olhos com catatara do seo Galdino, reconhecido e rezado curandeiro daqueles perdidos de Deus.

Mas o que essa memória retraz, úmida e sempre nova, dela, você, Mano, não foi testemunha.

Tenho três anos, um pouco mais, um pouco menos, e estou agachado atrás da grande figueira que ensombreia o rancho. Por certo afinando, Mano, a arte de frestar o invisível. Espio o que a natureza faz sozinha, alheia à Mãe, à Avó, ao Pai mesmo distante. O mundo ali, fora de mim e de nós, com sua sequência que é quase um caos: a quatro, cinco metros, uma galinha gorda e imponente, a cintilância das penas, redonda e gorda, seguida por uma porção de pintinhos. Continuo agachado atrás da figueira, agora com um motivo a mais para continuar espiando: a galinha é quase redonda e move repetidamente o pescoço, arrepiado às vezes, a ciscar e a indicar aos pintinhos, com o bico firme, minhocas e bichinhos, besouros e também gordas cigarras mortas. É o que, ali e naquela hora, distingo, a iniciar na arte da observação do jardim selvagem. A manhã é uma aleluia. Sanhaços e maritacas, arapongas e silveirinhas, a Mãe dentro do rancho, certamente que vez em vez a me vigiar pela janela da cozinha. Um sol dourado e quente, o vento zune nas frestas, por entre as árvores e as folhas. A manhã, preciso dizer de novo, é uma aleluia.

Agachado, e ainda mais curioso, sigo a movimentação de galinha e pintinhos, ciscando, cacarejos, pipilos, tudo é um assombro de criança escondida a flagrar o que a vida faz de nós quando representa que apenas a assistimos suceder.

Lembro que me rio todo, por dentro, uma risada surpresa e marota, senhor de minha descoberta: a vida se move, alheia a mim, por entre pintinhos e galinha-mãe, majestosa. Hoje observo o que de obscuro nessa origem comum aos animais de qualquer espécie...

De repente, um susto, um ah!, um êxtase: a cobra avança, saída do matagal em frente, ligeira e brilhante debaixo do sol, ziguezagueia célere, os guizos, na direção da galinha. Cacarejo assustado e defensivo, a galinha leva as crias para longe da cobra que avança. E, súbito, estaca, a cobra em pé pronta ao bote. Tenso observo. O desejo, contudo, de fugir dali para a Mãe, para o colo da Mãe, é mais frágil que o esplendor do sinistro. A cobra volta à posição natural, e bem mais próxima da figueira, da galinha e dos pintinhos, finge-se fixa e eterna, os olhos rútilos, só a bizarra língua incessante diz que a cobra é uma cobra viva. Tenho medo, penso em chorar e chamar pela Mãe. Desisto: é que, agora, um pintinho, desgarrado dos demais, caminha, a pipilar triste, na direção de onde a cobra se finge morta, na exata direção da boca neste momento aberta da cobra, esticada e luzidia, as presas, a língua bífida, o olho rútilo, a boca aberta. O pintinho vai piando triste e inexorável na direção da bocarra aberta da cobra. Grito que saia dali, grito que escape, a Mãe longe da cozinha nem sequer percebe, e grito cada vez mais alto para que o pintinho volte à prole da galinha-mãe que a essas alturas, ignorante de um tudo, vai bem longe da cobra. Me rebelo contra ela, me rebelo duramente contra a galinha-mãe que, agora, nem sequer se interessa pelo que acontece de irrecorrível ao pintinho desgarrado. Que pia, e anda, e anda e pia – uma linha reta na direção da bocarra da cobra. Até o baque final: aquele em que a cobra o engole num só golpe e gole – mortal.

Ainda bem que você não soube, aquele dia, Mano, que, a exemplo do poema, é com inocência de bois que caminhamos para a morte.

Devo ter retornado logo ao aconchego da Mãe. Só lembro que, essa noite, chorei muito, com medo da grande sombra que a Avó, recurva, projetava da parede ao teto do rancho, pitando ao lado da lamparina. Pelas frestas do teto adivinhei o céu e as estrelas e provavelmente dormi sobre o colchãozinho de palha.

Difícil é esse momento aqui e agora, na Aldeia, um cheiro a cedro e a limão-bravo, a nos devolver, pela lembrança e pelo cansaço, o que poderia ter sido mas não foi.

O que havia de beleza, Mano – só hoje me atrevo a contar –, quando ele escorria pelo palco o corpo-escultura, o corpo-composição, a vida ali, feixe de músculos copiados de um deus pagão, o deus da errância e, paradoxal, do calculado método no andar o fio tenso do equilibrista. Obscuro, anônimo, obeso e grisalhado, na plateia vejo o que voam as coxas exatas e os pés nus todos de calos e protuberâncias, o sexo ostensivo na malha branca, não o sexo dos bailarinos, mas o sexo dos gogô-boys do qual o bailado trata com uma ousadia que me deixa ligeiramente confundido. Dança e dança, escala espaços como se leve e pluma, e as nádegas sólidas vestidas pela malha colante, o tórax nu de onde é impossível desviar o que olham dois túmidos mamilos a coroar o tórax-efebo, o peito apolíneo, de veludo e pêssego, só eu sei, Mano, obeso e grisalhado na plateia, só eu sei o que de veludo e pêssego no corpo todo, que masculino dança a dança do michê barato, na boca o esgar de uma arrogância facínora e nos olhos o brilho-pássaro do sedutor jovem. Eia!, potro sanguíneo, a boca que me sendo íntima agora não me pertence, senão à multidão que num silêncio de pedra, imersa no escuro, parece nem pisca, o som, a fúria, o salto, o sexo ostensivo por certo vigiado por mulheres e senhores sisudos de terno e óculos fixos atrás das grandes orelhas. Talvez, luminescentes, passem, dele, ali, o corcovear de potro, a persona do gogô-boy que interpreta (ou vive?), a coreografia bailarina com que, encharcado de música, ele dança, corrompe, e representa, Mano, a sua beleza de cão.

E só quando ocorre o milagre de que eu colha, com triunfo e epifania, o furtivo olhar que, por malícia e jogo, ele insinua, a descobrir-me misturado ao público, no auditório em suspense, é que entre o pânico e o alumbramento me gelam os pés. Ele, o senhor absoluto da insolência mais insolente, como quem diz, já não sei se pela personagem ou por si mesmo, o quanto devo afundar-me na poltrona, eu e a minha barriga, eu e a minha calva lustrosa, eu e o que me sobra em adiposidade de ambos os lados da grossa cintura. E é então, Mano, que eu me odeio de um ódio atroz e sei que ele me escapa de vez e para sempre. E que foi o meu ciúme cheio de unhas, e que foi a minha lágrima, de velho demolido pelo amor mais caduco, que pôs tudo a perder... Mesmo a migalha que me cabia de seu estertorante latifúndio. Ainda que, ô natureza humana de incompreensível materialidade!, te confesso, Mano, é de júbilo a derrota mais crassa que ele me impõe no último *round* do jogo, ele e seu corpo grego, a curva do braço, o desenho michelangélico do braço e os ombros e as coxas firmes com que, em novo e final assalto, esplende no ar a sua gravura de jovem deus em carne viva.

Volto à casa no primeiro táxi, me fecho no quarto. Lembro, Mano, que me fecho no quarto, e ponho no CD um Wagner absoluto e choro e estremeço e soluço, e estertoro, sem que ninguém me ouça na casa, no quarteirão, ao longo da rua, no bairro, na cidade, no estado, no país, no mundo desolado onde anoiteço, eu e a minha sombra indecisa. À meia-noite no Brasil.

Nasça, dia, nasça! Com sua rubra coragem de nascer assim com todas as tintas do céu em minha pobre janela.

Foi apenas e exclusivamente na infância, meu irmão, que nossas vidas se encontraram de fato. O resto não passaram de cortesias e mundos estanques, não cambiáveis, universos contíguos, só isso.

Recordo o jardim, uma pequena aleia de margaridas e dálias; recordo o sapo de pedra verdoengo de musgo e neblina, a chuvinha fina na manhã da Aldeia, os dois, lá longe, a explorar o chão dos cactos: abríamos, a agulhadas de espinho, as touceiras de coroa-de-cristo, e íamos ao pé dos vegetais descobrir, quem sabe, o que a natureza esconde dos meninos curiosos, na manhã de chuva fina da Aldeia.

De repente, junto ao tronco de um fícus, o pardal morto. Os pássaros não morrem nem de lado nem de borco, os pássaros morrem, as hígidas perninhas, de recurvíssimos minúsculos dedos, os pássaros morrem geralmente virados para cima. O pardal morto é testemunha de sua própria fraqueza de haver nascido pardal, e agora ei-lo findo, molhado pela garoa que enevoa o jardim, as plantas, as árvores, toda a Aldeia.

Desde lá, Mano, ouço-lhe a espantada advertência, ao ver que me esforço para alcançar o pardal morto debaixo do fícus, os braços esticados por entre hortênsias em desalinho:

– Não, não mexe nele, não! – os seus olhos, impossível esquecer, Mano, redondos e assustados. – Não mexe nele, não! Ele só saiu dele um pouquinho e já volta...

Eu o xingo de idiota e de burro, de anta e de velocípede, porque um pássaro morto não retorna jamais, duro e morto, Mano, as pétreas perninhas no ar úmido da manhã cinza. Quase névoa também a lembrança dela aqui, da manhã, e também do pardal morto, nesse poço escuro onde afundo sexagenário e melancólico. Sem nenhuma mágica. Nem mesmo essa de o xingar, Mano, arrogante em minha soberba de irmão mais velho, de o xingar, Mano, de velocípede.

Então a gente era completamente. Cobertor e poltronas, muitas e muitas vezes a mesma cama, a calçada em frente e a bola de couro, as cuequinhas samba-canção de tecido ordinário, costuradas pela Mãe na velha Singer, nunca sabíamos qual a de quem, os canários-belgas, os canarinhos intensamente amarelos nas gaiolas de arame, única coisa que o Pai sabia presentear, a bicicleta que nos pertencia a ambos, a bicicleta comum de dois, vermelha e nossa, reluzente cavalo com que atravessávamos, alternadamente, a manhã – ora você no guidão; eu, na garupa; ora você na garupa; eu, sôfrego, no guidão, isso quando não nos cuspíamos em entreveros medonhos sobre posse e uso da camela rubra, ou a qual de nós dois o mando e a vez da primeira volta do dia na quadra da Stellfeld, estreitos os limites da liberdade, a obsessão sombria com que a Mãe nos vigiava para que nos mantivéssemos a salvo de todos os perigos do mundo, a salvo do risco, e do improvável em nós – claro que sempre esquizo e terminal.

A gente completamente, mesmo que a diferença entre nossos aniversários fosse de quase três anos; até os meses um ao lado do outro, os meses em que nascemos – eu, primeiro; você, depois. Eu no sertão profundo; você num povoado esquecido à margem do Paranapanema; mesmas as raias que fazíamos, já na Aldeia, trançado de finos bambus roubados aos quintais vizinhos e no mesmo fio da raia as minhas e as tuas mãos assim que eu conseguia, aos solavancos do vento, fazer a raia, embora na imaginação, fazê-la mais longe que os corvos contra o alto azul da Aldeia, a nossa utopia comum, o nosso sonho com as grandes raias de papel-de-seda-vermelho que soltávamos, em fornidos carretéis ao céu imenso, a tua mão magra e pequenina, daqui a revejo como a uma foto exata; nem um pouco diferentes os guarda-pós do grupo escolar nem as maletas – ora percebo, bem maiores que nós; e os carrinhos ganhos pelo Natal e a curiosidade ansiosa que nos fez passar uma noite acordados, no complô para flagrarmos juntos a hora exata em que o Coelho entrasse no escuro do quarto para botar seus ovos extraordinários no meu e no seu ninho industriados na noite anterior, pela Mãe, e colocados debaixo de nossas camas, lado a lado, e a intensa alegria e a ponta de desapontamento por não descobrirmos – mais uma vez –, no Domingo de Páscoa, o mistério indecifrável do Coelho e de seus brinquedos de chocolate. A gente completamente e nem sequer a ideia se íamos continuar sendo ou se ontem era amanhã ou se amanhã era hoje; doentes, sempre os dois, ao mesmo tempo, um e outro queimando em febre nas catapora e sarampos, nas gripes que nos atacavam duramente ouvidos e gargantas, sobretudo depois que migramos à Aldeia gelada e de ventos soturnos, pintainhos aninhados um no outro que, por sua vez, aninhavam-se à Mãe; e ao Pai, a seu jeito. Bichos, Mano, bichos pequenos, bichos gracilianos.

É da aérea mobilidade de meus pensamentos, Mano, que a noite se desespera, inquietam-se galhos e folhas, rastejam serpentes, engalfinham-se medonhas as lacraias do medo; frutal, um sol arrebenta a noite ao meio; o que me devora, Mano, é que, instável, a mobilidade da memória e até mesmo a futura memória das memórias de mim ainda mais volúveis, vão me transmutando numa horrenda espécie de lagarta. Sim, Mano, uma lagarta peluda e úmida andando a cômoda de imbuia da sala, ascendendo ligeira ao retrato do Avô por sobre a cômoda pendurado, fantasma oval que a sala abriga – e defende – e coleando, coleando, a lagarta e a gosma que a retém ao vidro, de onde senão cairia, segue, sem rumo, peluda e úmida, vez em quando as antenas auscultando o ar, a cabeça erguida, verde e peluda a ondear, agora entre o nariz e os olhos do grande retrato que só não é maior certamente que por pudor, Mano, posto que o velho é feio e tem o lábio leporino inutilmente escondido atrás do bigode, o nariz esparramado, e exibe – tosco, ainda assim exibe – fatais, dois olhos implacáveis – a severidade hipócrita dos Souza de Oliveira, seus sobrecenhos.

Mutável assim, vem-me e vou-me. E porque o dia deu em novo assombro e novos naufrágios, episódios nem um pouco irrelevantes, ao menos para a nossa história, Mano, obsessivamente vão e vêm. Não que signifiquem qualquer coisa para o mundo ou a ele alguma coisa acrescentem, mas é a nossa história, a que nos uniu – e também separou – pelo passado, esses terrenos minados, esses subsolos derruídos sobre cuja superfície nos foi dado viver e experimentar o ousado mistério de seguir vivos, claramente dentro da vida, sem jamais entender o que se dava. Antes, precocemente, um pouco assustados, ainda que não de todo conscientes de que susto fosse o pasmo esse de estar vivo.

Por isso, Mano, não importa em que ordem se imponham aqui os pedaços de nós, retalhos de nossa carne ordinária, retalhos que um dia foram nossos e pela gente passaram como passam os aeroplanos, como passaram os dinossauros e passam as nuvens ou um rastro de sombra que o sol, à medida do dia, vai mudando de lugar – aos claros e escuros, sem ordem nem método, com a única senha que encerram: a dos dois celebrados crepúsculos, o da manhã e o da noite, a aprisionar o dia sobre a Terra.

Só sei que dei a ele, ao porco, mesmo antes de conhecê-lo, embora o silêncio esquisito do Pai, um nome – Neguinho –, e me afeiçoei à ideia de que nos chegaria – vivo e inteiro e não o porco indecifrável dos açougues da Aldeia – o leitãozinho presente do cunhado próspero, nosso tio. Enriquecera numa negociação de toras e carroças no interior. Retribuía ao Pai, pela Rede Viação Paraná-

-Santa Catarina, os pequenos favores, e ao mesmo tempo ostentava a galhardia: um porco inteirinho, da orelha ao rabicó um autêntico suíno do Norte paranaense.

Fomos o Pai e eu à ferroviária, impávidos colossos, na fresca manhã dos dezembros daquele tempo, buscar Neguinho. E, lembro bem, a conversa animada, para não dizer excitada, com o Pai, que só respondia por monossílabos, gentil mas monossilábico, acho hoje que um pouco apreensivo. Manhã de dezembro, sim, porque um falho carimbo registrou o mês, só o mês, no verso da foto antiga, e repito que fresca, a manhã nem fria nem quente, porque vestimos roupa leve – o Pai, camisa social aberta no peito; eu, camisetinha de algodão e as invariáveis calças curtas azul-marinho – eu e o Pai, Mano, no retrato tirado pelo favor de algum desconhecido, na estação ferroviária da Aldeia – eu, o Pai e, entre nós dois, na plataforma da estação, tendo alguns vagões ao fundo, o pequeno caixote assoalhado e feito com uma malha de ripas de ambos os lados, na certa para que o bicho não sufocasse na viagem. Na fotografia envelhecida, nítido, um pouco apertado, convenhamos, no espaço exíguo, o vulto ou a difusa mancha preta onde se destacam, por exatos, um par de curtas orelhas e um ainda mais iniludível focinho.

O caixote ao ombro, recordo o Pai puxando-me estação afora, a mão forte, provavelmente para evitar que me chocasse contra o primeiro obstáculo, tamanha a excitação que não me deixava pôr os olhos à frente, assim meio atordoado e falante, o rosto fixo ao que ele levava ao alto, os meus olhos contínuos – da cara do Pai ao ombro dele; com maior frequência, claro, na direção do ombro. Chegara o Neguinho, por artes do perdulário tio caboclo, de grande barriga e que fumava palheiro debaixo de um chapelão esquisito. Mais: como teria sido a viagem do bicho, desde aqueles ermos que nomeavam com saudade, por distantes; e um pouco soberbos, pelo que a comparar com a Aldeia julgavam insubstituível, o Pai, a Mãe, a parentada? Viajara também o Neguinho no vagão de animais do trem de ferro da Rede Viação Paraná-Santa Catarina, e só aquilo já me sugeria uma odisseia.

O Pai seguiu quieto, e sem anunciar as coisas inauditas com estardalhaço, como era de seu feitio, ainda me puxando pela mão de modo severo, só percebi quando estacamos à frente de uma fileira de táxis, velhos Buick, os Oldsmobile, as Nash impecáveis daquele tempo, luzindo, alguns motoristas enfiados em elegantes bonés. Hábil, e ainda desusadamente sério, o Pai ajudou o motorista a colocar o caixote com o porco no porta-malas do carro. E aquilo não pareceu ao chofer a melhor das coisas, tarefa que entretanto cumpriu, mesmo aos resmungos. No queixo erguido do Pai, Mano – lembro com clareza e júbilo –, imperava apenas a indiferença orgulhosa com que se sentou no banco da frente do automóvel. Com a mesma soberba, acomodado atrás, protestei de repente – alto e meio aflito –, apesar do fausto do instante e o banco de couro do táxi também a luzir, por que o Neguinho não ia ao meu lado, em vez de sufocado na parte de trás do carro? Tanto espaço e qual a razão, perguntaram os meus oito anos, para que o porco não viajasse dentro do carro? E se morresse no trajeto? Consolei-me com a manhã fresca e a assertiva, ainda monossilábica do Pai, glorioso no banco da frente, de que a viagem era curta e porcos suportam inimagináveis temperaturas. De fato, me lembrei logo dos chiqueiros de porcos do sertão profundo onde, baixo sol forte, na lama quente, em meio a enxames de moscas, cercados nas mangueiras, porcos, porcas e porquinhos chafurdavam barulhentos, e felizes.

Terrível quando, pela primeira vez, apesar do ruído do motor do carro, ouvi do porco mais que o ronco constante, uns guinchos assustadores.

– Pai, o porquinho está gritando! – não me contive, tenso. E o Pai, Mano, foi definitivo, e o que era monossílabo virou uma espécie de chicotada:

– Cala a boca, menino! Ô menino chato, cruz credo!

Comecei a chorar ali mesmo, por mim, pelo Neguinho, pela Mãe que certamente rechaçaria, com sua autoridade sempre maior do que a dele, do Pai, a grosseria. Branda, a manhã entrou pelo vidro aberto, seguimos a Barão do Rio Branco, e não esqueço que continuei chorando, agora aos soluços, o último dos meninos do mundo, o mais judiado, o mais destroçado por seu próprio Pai, quando tudo, no menino, e isso doía na manhã de sol calmo, era o senso de justiça e a bondade – para com o porco, para com os ensinamentos da Mãe, para com a justiça do mundo, e também para com o Deus imposto a nós – ainda que cáustico, terno e amoroso.

Aos cinco anos, você, Mano, imagino que esperava em casa a chegada do bicho com não menor volúpia posto não esqueço que aprovara vivamente, sem saber direito o que significava, o nome que eu dera ao porco, assim que o tio do chapelão e do palheiro se despedira de nós – "Volto pela Panair, Ramiro". Alguns dias depois soubemos que Panair era o nome da companhia de aviação em que o tio voltava às suas posses latifundiárias. Era tão rico o tio, comentava a Mãe, que voltava ao Norte do estado de avião, uma temeridade, um suicídio, repetia a Mãe sem que o Pai sequer ouvisse. Tudo era o dinheiro! – resmungava.

Já não sei se pelo porco, ou pelo táxi, alguns vizinhos se juntaram à porta de casa. E o Pai desceu, triunfante, a pagar com nota alta a corrida, para novas imprecações do taxista sem troco, e ele mesmo, o Pai, se encarregou de retirar o caixote do porta-malas do carro. E de novo o levou, não sem esforço, ao ombro. Já não me segurava as mãos, de modo que pude ir à frente, aos pulos e relinchos, para que viessem e vissem o que era um porco vivo, num caixote, desembarcado de longa viagem pela Rede Viação Paraná-Santa Catarina. Quem mais interessantes que nós, os Souza de Oliveira, em toda aquela Augusto Stellfeld? Nem dona Miloca com seu inenarrável pomar e suas alucinantes plantações de morango, nem o dr. Mário Justus, o médico da mansão da esquina. Nós éramos os donos absolutos de um porco inteirinho, vivo e completo, barriga, pernas, focinho, rabo, orelhas, e com um nome de que me orgulhava ser autor e padrinho. Neguinho. Os dedinhos compridos no ar, lembro agora como se hoje fora, Mano, você saudava Neguinho, com todas as letras e todas as sílabas e um sorriso de dentes miúdos e separados.

Lá atrás é longe, Mano? Aqui vai outra e mesma noite, a janela do quarto Dela fechada aos ventos, a sala precisando já de nova faxina de Alzira. Lagarta peluda e úmida, me enrosco em mim mesmo e às toscas lembranças de mim, reinventadas pela mó do Tempo, esse deus que não dorme. E nos tritura, imperceptível e sagaz; envelhece-nos, o Tempo, a carne em si exausta, e faz do retrato do Avô de lábio leporino que o bigode inutilmente tenta esconder, uma sorte de fantasma fixado ao papel como a memória talvez seja do mesmo modo fixada, assim feito cravarmos um alfinete numa borboleta viva e que fenece a demorados estremecimentos sobre o retângulo de cartolina onde outras espécies – secas e antigas – já passaram pela mesma provação: a de adornar com sua morte trêmula os nossos vestígios de mim.

O Pai improvisou nos fundos do quintal um cercadinho para o porco. E, assim que solto ali, liberto enfim do caixote incômodo, pudemos vê-lo – eu e você, Mano –, o porco em sua inteireza de porco. Não sei se tua memória alcançaria, pela idade, essa memória por demais antiga. De um negro profundo, tão gordo, era quase redondo. Pelos olhinhos miúdos dele constatamos tratar-se do que se chamava "leitão", isto é, um filhote de porco. E logo nos regalamos com alimentá-lo. Quanto mais pão, restos de comida, bala e até chiclete jogávamos ao cercado, mais o Neguinho comia, faminto, grosseiro e sem modos. E o que era o seu medo arisco, quando pela primeira vez nos aproximamos do cercado, logo acabou se transformando em intimidade. Mal pressentia nossa chegada, aos roncos e roncos, o porco enfocinhava o cercadinho, glutão, esfaimado, obsessivo. Os meninos da vizinhança nos invejaram a preciosa posse. Quem, afinal, em todo o bairro, poderíamos perguntar, detinha como próprio semelhante raridade? Algumas criança vieram de muitas quadras abaixo, não esqueço, para ver de perto o porco.

E assim seguiram os dias dentro dos dias e as manhãs dentro das manhãs preguiçosas das férias escolares. Você, Mano, ainda não sabia o que era o grupo escolar, com as professoras, quase sempre solteironas e rigorosas, a bater, com vigor, os corredores do colégio, com seus saltos baixos feito tacões. Havia uma, dona Norma, a mais severa de todas, que ensaiava sobre o lábio um buço tão horripilante aquela época quanto hoje em que a lembro aqui, nesta sala e nesta casa onde os meus restos de mim insistem e insistem, lagarta úmida e peluda, calvo, as sobrantes banhas da cintura, sem contar a carne flácida do pescoço, o sinal irrevogável dos sexagenários. Pensar em dona Norma, Mano, é quase um castigo.

Uma ou duas semanas depois, até já habituados que o porco vivesse a sua vida de porco nos fundos do quintal, nos chegou, pelo Correio, uma carta que o Pai todos os dias cobrava da Mãe se havia sido entregue pelo carteiro. Era o tio José Gomes, em bonita caligrafia a tinta Parker, indo direto ao assunto, a satisfazer a ansiedade do Pai: detalhista e minucioso, o tio instruía como abater o porco. Por alguns momentos não entendi direito o que seria abater um porco, coisa que o Pai logo explicou, confuso e inseguro, ele próprio, quanto a executar a tarefa. Não escondia também que todos nos afeiçoáramos ao bicho. Lembro o Pai lendo a carta em voz alta para a Mãe: doía feito um murro o modo como o tio ensinava a cravar o punhal – e não poderia ser outro o instrumento do abate – direto no coração do porco. Não pode errar, Ramiro! A punhalada tem que ser certeira e o porco deitado de lado, as pernas, tanto as dianteiras, quanto as traseiras, fortemente amarradas com corda. Corda fina, Ramiro. E deixe o sangue do porco verter num caneco atrás do outro! Vão comer o melhor chouriço do mundo.

Ficamos, eu e você, Mano, sem acreditar no que ouvíamos. E saímos na direção do cercadinho no fundo do quintal aos prantos e aos ranhos sofridamente limpos na manga da camisa. Como sempre, Neguinho aproximou o focinho roncante numa das frestas do chiqueiro improvisado. E aquele dia ele parecia mais alegre e buliçoso do que o costume e nos festejou a presença com uma roncaria desusada.

A primeira ideia que me veio foi soltar o porco, à noite, já que a execução seria no dia seguinte, e deixar aberto o portão para que ganhasse a rua. Ideia inútil: o pai passava o cadeado no grande portão da entrada logo depois do entardecer. E ante a impossibilidade, choramos de novo, ainda mais, Mano, o que seria o dia seguinte.

Como num filme, lembro, em fotogramas que se superpõem, se embaralham e voltam à exatidão de um perfeito *slide*, o momento em que, apesar dos aconselhamentos da Mãe de que não assistíssemos, sob nenhuma hipótese, à cena brutalizante, surgimos no cenário da execução, justo no preciso e crucial instante em que o porco começou a ganir e era um ganido tão de dor e ininterrupto desespero que o pensei com o punhal atravessado para sempre no coração.

Não, Mano: numa poça de sangue, o Pai, ele próprio encharcado, não acertara, de primeira, conforme as instruções do tio, a punhalada fatal. Vivo, os olhos revirados, Neguinho jazia deitado do lado de dentro do cercado, amarrado e indefeso, duas ou três feridas sanguinolentas, no flanco esquerdo. Os ganidos, absurdamente altos e ininterruptos.

Pior foi quando o Pai, a nos expulsar dali em fúria e aos berros, ergueu alto o punhal e cravou com violência de novo o flanco esquerdo do porco, acertando-lhe por fim o coração. Ganiu o bicho um ganido atordoante, o Pai correu a pegar o caneco, e a bacia, para aparar o sangue, também conforme as instruções do tio, mas ao se atrapalhar não sei com o que, quando voltou – tendo só eu e você, Mano, como aturdidas testemunhas –, o sangue já vertera todo, aos chorrilhos, e agora encharcava o chão de terra – úmido, escuro, violáceo.

Neste momento estou lembrando seu rosto de mulher, sua voz, seus cabelos, a pinta bem no pomo da face, de que se orgulhava, os dentes e o sorriso, e o jeito como vamos, eu e Ela, estou lembrando, à formidável matinê de domingo do circo do interior. Só hoje considero – Ela, uma menina, 20, 22 anos se tanto, mãe precoce, e eu, seu rebento, palrante e inquieto, curioso, espantado.

Reolho, no falso palacete da Aldeia, a bagunça do quarto onde longo tempo vivi, entre livros, estantes improvisadas com tábua e tijolo, a escrivaninha meio manca calçada com um pedaço de papelão, os rolos de papel vergê, os inúteis rolos de papel vergê que, se abertos, revelarão os traços oligofrênicos no esforço igualmente inútil de me tornar artista plástico. Que pretensão, meu Deus! A rigor, tenho que aceitar, não cheguei a nada do que sonhei como "artista", digamos; nem mesmo a culinária, a que me propus um tempo, não levei avante. Cansei-me logo de receitas e facas e o corte preciso do pimentão e das cebolas, da cozinha chinesa, que me entusiasmaram, certo que por curto período, mas entusiasmo, Mano. Ainda que breve, entusiasmo. E agora? Nem isso. Nada me liga a nada. Sinto-me, acho que já disse aqui, um *ufo*, um bólide a errar no espaço, objeto não identificado. A Hilda, ah, meu Deus, a Hilda... Você é um lobo, Frederico. Coitada da Hilda. Para ser lobo, indispensável grandeza. Necessários ao menos selvageria, os caninos com que rasgar a presa, o destemor da solidão mais desamparada. Traste balofo que os sessenta anos tornaram mais balofo ainda, vago no mundo, isso quando vago neste mundo, porque a maior parte do tempo deixo-me ficar onde estou, a energia zero do nenhum movimento, um pobre--diabo, Hilda, um morto-vivo.

Quando se punha no salto Luís XV, como esquecer? O tinto lábio vermelho de *pin-up*, os cabelos escuros, um jeito de sorrir que era só Dela. As mãos de dedos perfeitos e unhas cuidadas. Mãos que herdei. Não são feias as minhas mãos, Mano. As tuas puxaram as do Pai, ainda que longas, de dedos muito finos. As da Mãe, não: dedos delicados, redondos e magníficos, mão de pianista, como lembra a Hilda sempre que ensaio algum gesto, o qual, por acaso ou acidente, põe-me em evidência as mãos no ar. A Hilda a tudo observa, detalhista, minuciosa. A Hilda, ah, a Hilda! Coitada da Hilda...

O meu quarto, nessa casa que o tempo levou, corta-o, à tarde, um sol oblíquo. Levanta a poeira dos papéis velhos, queima, ainda outra vez, a página do livro que esqueci aberta e ali aberta permaneceu esquecida, desde que saí de casa pela primeira vez. Tranquei o quarto à chave e não permiti que ninguém mais ali entrasse, nem mesmo Alzira ou qualquer outra pessoa. De raro em raro, fingia promover ali uma faxina. Desnecessário informar que nunca aconteceram. Uma espécie assim de museu de fora a refletir as congeladas velharias que nascem dentro.

Não reúno coragem, Mano, de voltar ao quarto que foi meu quarto, a janela estreita dando para o caquizeiro. Tarde da noite, lembro com essa memória que me devora os dias, quando, sempre em abril, esborrachavam-se os caquis maduros sobre o telhado ou espatifavam-se no beiral a entupir as calhas. O ruído surdo e imprevisível; sempre a me colher de surpresa, um susto, um *frisson*, um vácuo. Já então também não me agradavam os sabiás que, famintos, bicavam, furiosos, os caquis meio apodrecidos do chão. Só as sementes ali ficavam – uma que outra a fazer brotar do canto úmido entre a janela do quarto e o muro, novo pé de caqui. O meu despropósito, contudo, nunca permitiu que crescessem. Para isso me dava ao trabalho, ao trabalho de arrancar os tenros caules, nascentes e frajolas. Gostava de puxar cada um deles, profusos ao redor do velho caquizeiro, com as duas mãos puxá-los, para que não restassem raízes, sementes, tubérculos, só o buraco derruído do que prometeu um dia ser nova árvore. E houve a vez, se você pudesse lembrar, lembraria, em que mandei abatê-lo, a motosserra a guinchar rente ao chão.

Nos dramas do circo do interior, jamais esquecerei a ridicularia canhestra das trupes espertas, avaras pelo dinheiro miúdo dos capiaus de alpargatas: quando encenaram *A escrava Isaura*, a legião de escravos teve rosto, pescoço, braços e mãos inteiramente pintados de preto. Mesmo os mulatos não escaparam. Lembro da Mãe rindo, gargalhante e crítica – até os pretos eles pintam para parecer escravo... Aonde que a Mãe aprendera aquela acidez que era dela a melhor marca?

Você hoje talvez considerasse que essa herança foi para mim uma tragédia. Ela, a herança, sei que você frisaria, é que me tornou este ente grisalhado e sem Deus, paradoxalmente entanto a clamar por Ele, a cada minuto, a cada investida do medo que pode me pegar aos uivos, às três horas da manhã na casa vazia. É, Mano, tenho medo, tenho muito medo do improvável em mim. "Maico" não está mais aqui. Nem você, nem o Pai, nem Ela com seu riso de moça. Onde estão? Em que dimensão andam, agora, aéreos? Só uma função, Mano, a de vocês: a de sublinhar o cão chutado das lanchonetes em que acabei me transformando. Certo que vocação para tanto nunca foi o problema, admito. O fato, agora, é que o jaguaretê sarnento é a minha obviedade mais óbvia; e estúpida. Um cão que a chuva molhou e que, arrepiado e trêmulo, sem pudor, ainda que posto para fora, volta, retorna sem pejo para o lugar de onde foi expulso a pontapés e pedradas, a cada vez o focinho mais rente do chão, bicho sem brio.

E o dia em que me deparei, nos fundos do circo, com o elefante, corri para a Mãe, Mano, aos gritos e às lágrimas, uma criança apavorada e cênica. Até hoje os elefantes me causam um sentimento estranho e confuso – entre o medo e o fascínio, o horror mais hórrido e a perplexidade mais epifânica de que existam, de que alcancem existir com aquele tamanho absurdo, e consigam carregar semelhante focinho, a que chamamos tromba, coleante e enrugada; um animal em que a natureza, a rigor, caprichou para que fosse, a meu ver, não só o mais estranho, mas o mais obtuso e possivelmente o mais dessemelhante dos humanos. Embora haja homens-elefantes – em certos dias, confesso, é como me sinto –, ou mulheres-elefantas, como a Hilda, Mano. Gorda, paquidérmica, as imensas coxas, os braços picados de inseto, os braços da Hilda estão sempre estranhamente picados de inseto (ou serão marcas alérgicas de outra origem na pele clara?). A Hilda, Mano! Coitada da Hilda...

Lá atrás, ainda revejo: o palhaço, a bandinha, o circo de lona rasgada e o leão que era obsessivamente anunciado e não aparecia jamais, a função terminando e a Mãe de novo rindo; ácida, a Mãe, Mano: "Desde que o circo chegou que eles prometem o leão, mas não mostram nunca". Nem um leão velho? Só o elefante, assustador, que, quando instado a trabalhar no picadeiro, lançava um vagido que estremecia as arquibancadas e era logo reconduzido aos fundos do circo e deixava, no caminho, um rastro de excrementos, aos grandes montes, abundantes e repulsivos. Dois ou três palhaços iam atrás, a bandinha tocava à toda e os palhaços espetavam com a ponta da bengala a imundície e a aproximavam do nariz, com a pantomima de que cheiravam muito mal, e moviam as bengalas no ar para que o público visse como verde-escuras as pontas delas tinham ficado. Os capiaus riam. Desdentados e protegendo do vento os chapéus de palha encardidos, riam de dobrar-se em dois. A Mãe me puxava, com elegância a descer, cuidadosa, no salto alto, as arquibancadas – assim um pouco soberba e um tanto enojada.

É, Mano, a memória nem sempre é um colibri que a poesia afaga.

Dia desses fui ao cinema. Um novo Almodóvar me deixa sempre excitado. Não consigo esperar a chegada do DVD como costumo fazer com os demais cineastas em que um cinema pífio não edifica nem consola. Nunca mais um inédito Buñuel, um inédito Fellini, um novo Truffaut. Pois antes, Mano, não tivesse ido.

Enfatiotei-me todo, combinei com Alzira que atendesse a Mãe e lá fui à matinê de domingo. É sempre uma ocupação que me joga ainda mais no desamparo, posto que, como invariavelmente acontece, a Hilda nunca pode ir, além de também detestar o cinema de hoje em dia, mesmo Almodóvar, e, assim, vou sozinho, assisto ao filme sozinho e retorno sozinho no primeiro táxi, com a sensação de que o mundo acabou de acabar-se, ainda outra vez.

O filme, inteligente e humaníssimo. Uma comédia romântica de fino lavor. Grandezas e horrores, mais horrores que grandezas desses nossos temerários dias.

Ao chegar em casa, me encolhi a um canto entre o quintal e o começo do jardim, curto caminho de azáleas. Chorei, abafando o ruído com as mãos, as duas, copiosamente chorei por tudo o que poderia ter sido mas não foi. Almodóvar teria pena de mim, Mano, às seis horas da tarde no Bigorrilho, murcho e sozinho, sentado no chão, encostado à parede dos fundos da casa. Uma fornida azálea, sem flor, só folhas, a esconder-me do mundo. E talvez de mim.

Não me incluo, devo confessar, entre os que puseram na sofisticação da mesa e na sabedoria dos vinhos, os seus dias. Rafiné, como dizia, em nosso tempo, o pessoal do Cerimonial do palácio; com um ou outro cultivei alguma amizade sem futuro. Uma gente de gravatinha-borboleta, homens casados, de rostos redondos e pudicos, as unhas de esmalte natural, impecáveis da ponta do sapato lustroso ao talhe dos *blazers*, passando pelos coletes de caxemira e os óculos de tartaruga. Assim feminis e com suas vidas secretas, guardadas a sete chaves das senhoras suas esposas. Melífluos e de dentadura branca, o povo do Cerimonial e os que a eles se acercavam – gente dos consulados, funcionários do Instituto Rio Branco de baixa patente. Horroriza-me, até hoje, de que pudessem ser assim e dessa natureza – convencionais, de unhas feitas, o perfume da moda, o lenço de seda, a face escanhoada.

Largado e com inhaca a tabaco metia-me, uma e outra vez, entre eles. Deviam guardar de mim, só hoje acordo para o fato, fronteiras e limites que eu, ingênuo, não percebia ser, deles, o maior acinte.

Daí que nunca tive amigos e, você mesmo, Mano, foi só a contiguidade imposta pelos laços de sangue, diversos e conflagrados – tanto na carne quanto no espírito.

A solidão de cada um – a minha, a tua, a do Pai, a da Mãe. Só hoje vejo como quem vê numa fotografia – o jeito de olhar de baixo para cima. Os nossos olhos, tristes.

Ando a praça, escura. Ponto de encontro de *boys*, proxenetas, travestis, bebuns e drogados, putas e equilibristas. A Aldeia decididamente não é mais a mesma. De capa de gabardine, a gola levantada, o chapéu inglês que ganhei quando de uma excursão da Hilda à Europa, caído da testa às sobrancelhas, não precisa dizer que mesmo sabendo outra a Aldeia e outro o tempo, disfarço, e caminho, os olhos no chão, o coração baixo. O travesti sou eu, não a Samantha, formidável víbora da noite que se vos enrosca ao pescoço, travada de pedra e birita. Sim, Mano, sou eu o traveco a me esconder de um tudo. A rigor, e de modo mais evidente, não há como negar, de mim mesmo. Tarde da noite, ainda assim me escondo. A Aldeia feito um escorpião vivo a me dilacerar a víscera. O gosto do conhaque ainda rascante e madeirado na garganta. Boa noite, cara! Boa noite! Passo rente a uma enorme palmeira, alargo o passo, o terror quase orgástico do punhal gelado na jugular, e súbito. Boa noite, meu! Outra voz, essa com uma sensualidade masculina e jovem, malícia de prostituto pronto ao bote. Ao longe, o esganiço de uma risada – Samantha, Priscila, Vandeca... Temo que me assaltem com suas giletes bem guardadas nos pontudos seios de silicone. Mas é o temor aos garotos e ao abismo do improvável neles que chega a me aguçar o baixo-ventre. Dessa natureza deve ser o orgasmo do suicida segundos antes de chutar o banquinho e ser laçado – de vez – pela corda terminal. Boa noite. Tem um cigarro aí, meu? Aligeiro ainda mais o passo. Me vem a compulsiva sede de novo conhaque, mas contento-me com a relativa embriaguez, essa que me faz andar, tarde da noite, a praça escura. Nos bancos molhados – é verão na Aldeia, já disse, e as chuvadas são constantes –, um que outro *boy* sentado em cima do encosto do banco, as pernas abertas, machos aplicados no ofício de parecer machos, os tênis apoiados com descaso no assento. Um cigarro aí, meu? Ôpa, um cigarrinho... E o fogo? Não tem fogo? Ameaçadores, rituais, sabem que faz parte do jogo a vilania e o medo, o *frisson* e a tara obscura. Sou minha sombra, Mano, essa que acende o cigarro, agora vejo, de um menino, não mais que um menino, 18, 20, 21 anos. Parece que todos têm a mesma idade, o mesmo cabelo arrepiado com gel como se eriçado a choque elétrico. Impossível negar deles o maligno fascínio, os cílios grandes, a boca carnuda, as coxas robustas agarradas ao jeans muito justo, o sexo volumoso e ostensivo, a camiseta colada ao braço torneado. Levo o isqueiro aceso ao cigarro em sua boca. Trêmulo, levo o isqueiro aceso. Bonito isqueiro... Só então constato que não foi o Bic ordinário que puxei do bolso da capa, mas o Zipo, aquele mesmo, banhado a ouro e com as minhas iniciais, formalíssimo presente, aquele mesmo com que você, Mano, desusadamente mimou-me, um aniversário remoto. Fez sucesso na Assembleia e no Cerimonial do palácio o Zipo dourado. O isqueiro luziu sob a lâmpada de mercúrio do canto escondido da praça. Quisesse, o garoto poderia facilmente assassinar-me, ali e naquele momento, se é que já não me esmoreciam os ossos a sua beleza prostituta. Como andar sobre o fio da navalha, Mano, esses momentos de ácido e sal. Insubstituíveis, sem dúvida; únicos, sem dúvida. O garoto não notou que minha mão tremeu, oscilante e desordenada, ao aproximar a chama do isqueiro ao cigarro dele apagado na boca. Então foi que vi, ao fulgor do farol de um carro que cortou a madrugada em dois, o que de verdes os olhos dele me fulminaram a vista opaca atrás dos óculos. Tornei o isqueiro ao bolso da capa de gabardine, rápido. Ainda que trêmulo, ardiloso. Boa noite, meu guri. Gaguejei, Mano, juro que gaguejei, um homem de sessenta anos, bêbado de alguns conhaques, egresso de um restrito encontro de senhoras casadas no Batel. Reunião beneficente. São extremamente filantrópicas as senhoras casadas, e ricas, do Batel. A instâncias da Hilda, que sempre me cobrava ao menos um pouco de vida social, fui. Já, claro, com o pensamento no antro vegetal do centro da cidade, e tudo o que nele me enlanguesce de um terror mudo. De repente, cortês, o que, não se engane, também faz parte do jogo. E aí, meu querido? Passeando? Diante da pergunta afasto-me rápido, ainda que tocado pelo álcool, acovardado. Alguma coisa mais que o feitiço acachapante do puto da noite, me faz esgueirar ligeiro por entre novas aleias e perder-me entre carvalhos e palmeiras, aroeiras gigantes e frondosas acácias. Ainda ouço, agora a voz sumamente ofendida, o que é sempre um perigo. Com medo, meu? Não sou ladrão, não, titio! Busco a saída do labirinto, perco-me entre moitas e bustos de poetas e próceres indiscerníveis no escuro da noite e já procuro, com ansiedade e pânico, a saída, onde fica a saída?, por entre espessas folhagens, bancos sozinhos e úmidos. Há sempre alguém atrás de você; atrás, alguém, a pisar macio.

De repente, sem que se anunciasse, como é de hábito na Aldeia, desaba uma chuva medonha. Protejo o chapéu do vento e do aguaceiro. Alargo os passos. Ainda que com medo de escorregar nas pedras lisas acho que corro, e ouço, abafado pelo chuvaréu, gritinhos e saltitâncias, garotos em disparada, senhores sisudos protegendo-se inutilmente com os guarda-chuvas que o vento revira no avesso.

Escapo, Mano. Mais uma vez escapo – de uma marquise, já me vejo salvo da chuva e da crônica policial – perfeitamente sentado no banco de trás de um táxi! Pode tocar pro Champagnat. O motorista desce a bandeirada e arranca sem uma palavra. Um homem esquisito, de olhos claros e grisalhada barba ruiva. Também não tenho o menor desejo de emitir uma frase sequer além da que já proferi. Abotoo-me, ou melhor, me enrolo ainda mais em mim mesmo e na capa de gabardine. Sou um fraco, sou só um homem batido pela madrugada cachorra, incapaz de lançar-se, desassombrado, ao mar dos bravos e destemidos. A culpa de haver consentido que o garoto me escapasse das mãos, idiota e pusilânime, me faz pequeno, Mano. Me afundo bem atrás do motorista, com medo de que me flagre, pelo espelho retrovisor, a inevitável palidez, o cabelo (cabelo?) em desalinho, agora que tirei o chapéu. Mas o maior receio é de o chofer de táxi reconhecer em mim, mais que um ser derruído pela noite, um homem triturado frente ao desejo, um tíbio, um larápio de suas melhores pulsões. Um ser que a Aldeia interditou – para sempre. Feito uma nódoa, uma mancha inextinguível num paletó de linho. Ao lado disso, creia, uma indecifrável sensação de alívio, de alguém que acabou de escapar de um paredão de fuzilamento.

Um pobre-diabo, Mano, essa é que é a mais cristalina verdade. Um pobre-diabo correndo à casa para cuidar da Mãe.

Malignas as lendas marcadas por bosque e princesa, bruxas malévolas varando em negro o céu delas, das lendas, Mano; recorte de sombra contra o azul-marinho. A infância, a infância de qualquer um pode ser só uma fábula sonâmbula, nem sempre ao condão do encanto e de uma alegria que tolos ou ingênuos cantam em prosa e verso. A infância é por vezes só uma sombra – talvez mais dolorosa que os contos negros dos escritos turbados de absinto.

Hoje, ao cerrar as cortinas da sala, ainda outra vez amanhecia. Um céu púrpura, misturado a inverossímeis lilases. Detrás do vidro da janela a visão: dourado e mínimo, um beija-flor lavava-se e estremecia as minúsculas asas sob a água trêmula a brotar de entre as pequenas pedras, na fontezinha que você, de bom humor, industriou num sábado longínquo. Um beija--flor, Mano? Ou uma libélula? O bico-agulha, bem maior que ele, a responder, indesmentível, a indagação tola do sonâmbulo das madrugadas do Champagnat. Tomei aquilo como um aviso, Mano, notícia de Deus sob o céu vaporoso. Quem sabe, um dia.

Pato Donalds, *Patetas*, *Mickey Mouses* se espalhavam pela casa, lidos numa tragada ansiosa. Mal os comprávamos na banca da esquina corríamos para debaixo da primeira árvore, da rua ou do quintal se eram as tardes luminosas da Aldeia, ou para debaixo dos cobertores nos continuados dias de chuva e frio daquele tempo.

Isso até surgir o Andrezão, um primo alto e gordo que, vindo do interior, hospedamos alguns dias, também a tia alta e gorda e, coisa para piadas e cochichos abafados atrás das portas, o tio comprido e magérrimo, pai do Andrezão. Nem um nem outro eram irmãos da Mãe ou do Pai. Mas éramos forçados a chamá-los de tios e a considerar o Andrezão primo. O casal era íntimo da família como se parente fosse, e assim deveria ser tratado e o Andrezão, por consequência, sendo filho deles, primo.

O tio comprido e magro não parava de falar numa criação de porcos em Bandeirantes, no interior do estado, e imitava na buliçosa conversa com o Pai e a Mãe, na sala, o guincho que um porco faz quando se lhe acerta em cheio o punhal no coração.

A lembrança de Neguinho acordou em mim, lá atrás, pela primeira vez, a memória da sombra, nem um pouco diferente dessa aqui que contigo ora relembro no escuro, Mano. A memória da sombra, pela primeira vez – pesadelar, inóspita, inconveniente.

Tivemos medo daquele tio, além de falso, comprido e esquelético, Mano, mais ainda quando disse ao Pai, a exemplo do tio José Gomes, que, se quiséssemos, nos mandaria um porco vivo lá da criação dele. E repetiu a descrição do abate do bicho, explicando ao Pai, como se este não soubesse, e à Mãe visivelmente atordoada, como proceder: primeiro amarramos as pernas do bicho e, depois, pisamos em sua cabeça, com firmeza, hein, Ramiro, com firmeza, e então a gente desce de uma só vez o punhal no lado esquerdo do animal. Sem chance de errar, senão o porco não morre e faz um espalhafato de sangue que é uma merda só, Ramiro. Os guinchos, imitados pela boca do tio comprido e magro, eram iguais aos do Neguinho – lancinantes, esganiço torturado que partia o domingo em dois. Dá-lhe memória e agonia!

O Pai foi rápido, recordo com nitidez, ao detalhar a lembrança de Neguinho e da decisão que tomara, desde aquela vez, de não matar mais sequer uma galinha. O que intimamente aprovamos, também com as cabeças em movimento concorde, várias vezes. E de olhos espantados seguimos a conversa, orgulhosos da bondade do Pai.

Pois o Andrezão, ao ver nossos *Patos* e *Patetas* espalhados pelo quarto, pegou num deles com nojo e jogou pela janela. Eu e você, lembra, Mano?, colhidos de surpresa pelo gesto dele, ainda corremos à rua para salvar o exemplar várias vezes lido e tantas vezes amado, velho de muitos meses. Acho que era do *Mickey*.

– Isso não é leitura de menino grande – sentenciou o Andrezão. Leitura de menino como a gente é o *Tarzan*, o *Batman*, o *Homem-Aranha*. Vocês conhecem?

Só do Tarzan havíamos ouvido falar através de um filme contado pela Mãe. Os demais nos soaram estranhos e misteriosos.

O Andrezão foi até o quarto onde acabara de se alojar e de lá veio com uma pilha de inimagináveis gibis:

– Olhem, isto aqui é que é leitura de menino grande – e eu insistia em achar que o "grande" era uma autorreferência e isso me deixava ainda mais curioso. Os meninos grandões liam aquilo... Por que será que os grandalhões liam aquilo? E fui direto:

– E daí a gente aprende a crescer mais rápido? Lendo esses gibis?

– Cresce e aparece! – sentenciou de novo o Andrezão.

Você, de seu lado, Mano, encolhia-se, tico-tico de cabelo encaracolado, os dedinhos sujos e de unhas encardidas a folhear, sedento, os gibis, bem maiores que *Patos* e *Patetas*, e ainda com maior número de páginas. Nossos gibis encardidos pareciam não significar nada mesmo e nem valia a pena ir à rua buscar o *Mickey* que o Andrezão, teatral, acabara de jogar pela janela da rua.

Mas não foi bem assim. Percebi quando você, Mano, escapou porta afora, a se fazer de desentendido, e salvou da rua o gibizinho, a essas alturas não mais que um gibizinho mesmo, face às preciosidades que o Andrezão nos apresentava.

E desde então perdemos o gosto pelos quadrinhos sempre ingênuos do Walt Disney e os trocamos pelas soberbas aventuras daqueles heróis que voavam por sobre altos prédios e salvavam mocinhas indefesas.

Trouxe correndo a notícia do ensino de catecismo da igreja: se conseguíssemos, como santa Maria Goretti, não pecar – nem em pensamento, palavras ou obras – por no mínimo três dias, poderíamos, como qualquer santo, inclusive santa Maria Goretti, levitar, Mano! Expliquei o que significava levitar e lhe mostrei a gravura ganha de presente de uma senhora muito devota que frequentava a paróquia. Nela, a santa pairava no ar, sem nada embaixo que a sustentasse. Coisa de outro mundo mesmo, Mano... Você aderiu à ideia com entusiasmo, mais ainda quando lhe acrescentei que, se ficássemos um mês livres de todas as formas e expressões do pecado, nos seria oferecido o melhor: viveríamos então a graça de estar em dois lugares ao mesmo tempo, o que mais tarde aprendi como sendo esse o "dom da ubiquidade"... Enquanto a Mãe nos visse, por exemplo, concentrados em nossos jogos de armar na sala, poderíamos, ao mesmo tempo, estar nadando nos pequenos rios e cavas, proliferantes, naquele tempo, na periferia da Aldeia.

Lembro que seus olhos incendiaram-se. Havíamos encontrado uma saída para aqueles confinamentos a que nos submetiam os mais velhos, por meses até, não nos permitindo nada além dos domingos para que escapássemos da atmosfera sufocante a que chamavam casa, lar, família.

Após três dias de exaustivos exercícios, um pecado aqui, outro acolá, inevitáveis porque em "pensamentos", eu o chamei, Mano, para a nossa inefável experiência. Mas como levitaríamos? Lembrei-me do muro do quintal que dava para a casa do vizinho dos fundos – guardado por uns vira-latas ferozes e que nos odiavam particularmente. Que nos odiassem! Três dias sem pecar – só um que outro pensamentozinho escuso – já nos habilitariam, concluímos, a levitar. Ainda que não tivesse muita certeza de que você houvesse alcançado a façanha de se manter puríssimo, acreditava piamente que, de uma forma ou de outra, voaríamos sobre cachorros e quintais, igualzinho na gravura que havia trazido da igreja, o corpo deitado de comprido no ar, ao largo de todo perigo.

Na manhã marcada para a experiência, fomos ainda mais inefáveis, nem o menor palavrão nos escapou das bocas ordinariamente sujas e nossas mentes, açuladas por mim, ferveram de orações para que não passasse por elas nada, absolutamente nada, nem a menor sombra do que supuséssemos pecaminoso.

Com a ajuda de um caixote subi ao alto do muro, posto que a experiência deveria começar por mim, o mais convicto de sua própria pureza, me benzi três vezes, vários e fervorosos sinais da cruz e ante os seus olhos expectantes, Mano, a evocar bem alto o nome de santa Maria Goretti, soltei-me de lá. Uma queda colossal. Mas, antes que os cachorros me alcançassem, escalei o muro de volta e com um braço luxado e uma das mãos fraturadas, como se constatou depois no pronto-socorro, berrando e chorando, você atrás, incrédulo e assustado, apressei o passo claudicante, um mutilado, na direção da Mãe que já vinha em nosso socorro.

Dei de ombros, fingidamente dei de ombros, teatral, para lhe contar uma história vulgar, Mano: a história de como os bisavós da Avó, embora mortos, pela casa andavam e atravessavam paredes e vinham buscar as crianças menores para levá-las com eles, criadouro infantil de pequenas almas roubadas. Você franzia as sobrancelhas, teimava em não acreditar, em não acreditar para não temer aquela sorte de assombração que insistia em somar-se a outras tantas – com o único fim de lhe indicar, já naquele tempo, Mano, o quanto viver ameaçava. Não precisa dizer que, sórdido e insistente, até tarde da noite, eu o levava ao inferno – do medo às lágrimas, até fazê-lo humilhar-se, levantar da caminha ao lado da minha e correr, esbaforido, tropeçando em móveis, no escuro, aos gritos, a chamar o Pai ou a Mãe. Que o acudissem de meus terrores!

Olhávamos da janela, lembra?, os tanques de guerra. E era como se os víssemos de verdade. Você imitava com o dedo os tiros dos bangue-bangues que assistíamos nas matinês de domingo. Eu era John Wayne e você Yul Brynner. Matávamos os índios ao galope de nossos cavalos em fúria. Zorros, Tarzans, Homens-Aranhas. Fora, belicosos, assustadores, rangendo sobre as pedras da rua, Mano, os tanques de guerra.

Talvez perpasse este texto um colorismo exacerbado ou uma vigília fúnebre – ainda assim, colorida, cardinalícia, meu Deus! São as tintas de um pintor frustrado, do funcionário público que, no gozo da aposentadoria, vinda a bom tempo, entretém as horas rabiscando estes papéis. A extravasar também, não olvidemos, demônios e epifanias nas mambembes telas de fim de semana que se não me elevam a gênio me acalmam os nervos. Comecei com casinhas infantilóides no vão anseio de sugerir a inocência dos contos de fada de um Chagall. A pretensão é sempre um vício e talvez me ajude a que me suporte a noite escura e o breu da memória. Caso contrário gritaria contra as paredes um grito a acordar a vizinhança e a pôr na rua alguém a telefonar ao s.o.s. do corpo de bombeiros.

A rigor são traços toscos e até meio oligofrênicos. Me fazem escapar do medo de mim, se é o vazio dos sábados ou o oco do oco do oco do médio em que afundam, por vezes, os domingos.

Levanto, examino a tarde, nuvens esgarçam-se no céu, lentas, preguiçosas, um cheiro a rosa, quase imperceptível, foi como tivesse acabado de atravessar a cortininha de renda, no exato instante em que o vento a ergueu, breve e súbito, um cheiro a rosa, Mano, que discreto e rápido deu lugar àquele velho cheiro, mais antigo que nós, adocidado e triste, agudo e triste, um cheiro a gavetas e mofos, nessa casa que o Pai um dia chegou a chamar de palacete, construção de dois andares que resiste, em meio aos prédios e aos bate-estacas de novos prédios, numerosos, no bairro *new-kitsch* do Champagnat, o que, um dia, meninos e migrantes do Norte pioneiro chamamos de Bigorrilho. Agora o bairro metido a besta se chama Champagnat, isso eu não preciso lembrar, a não ser pelo gosto de anotar aqui o meu desconforto e os meus medos de que a cidade engula a nossa casa, construída aqui ao tempo em que isto era acessível a pobretões ligeiramente enriquecidos no arrabalde com um precário armazém, muito antes dos supermercados.

Ninguém perde nem ganha ninguém, Mano. As pessoas estão aí no mundo... Como no poema célebre: ganhei, perdi meu dia, e baixa a coisa fria.

Nada mais que isso. Nem um pouco mais ou menos do que isso. Só isso, como dizia a Hilda. Ah, a Hilda! Coitada da Hilda...

Devo ter sonhado com tílburis, homens de cartola e cavanhaque, damas antigas. É quase sempre assim, Mano, a recorrência de uma lembrança no tempo, o estupor, a janela, as cortinas, a tarde, os ciprestes. O coração pequeno, apertado. Um desconforto com o colarinho da camisa. Por mais que o saiba frouxo, livre de botão ou de gravata, é como se, ainda assim, sufocasse.

Dois, três minutos de inânia e ela, a lembrança, prossegue – intermitente, recorrência a cada vez mais merencória.

Vou na frente, você vem atrás, temeroso, tateante. É uma formidável noite. No vasto azul, as estrelas, geladas. Possivelmente outono na Aldeia. Limpam-se os dias e limpam-se as noites a prenunciar geada. O vento agulha os ossos e os martiriza. Mas ainda é – de todas – a estação mais bonita de nossa cidade.

Terei quanto? Nove, dez anos; você, três anos mais novo, talvez sete, talvez seis, a memória não se conta em números... Sigo, à frente, dono da coragem e do lume.

O velho quintal – da casa vizinha posta à venda há meses e um pouco abandonada. O mato avança, furioso, na direção dos degraus do que me parece, pelos fundos da casa, a entrada para a cozinha.

Vou na frente, o cobertor colorido, feito um poncho ou as roupas de uma viagem fantasma. Ou um fantasma mesmo, só que de melodrama circense. Duas crianças explorando a noite e a assustadora visagem que uma delas sugere, no caso eu, Mano, uma atrás da outra, as crianças, torna a cena entre o cômico e o ridículo ou cômica na exata proporção do ridículo de que duas crianças são capazes – a inocência de pequenos *clowns*, a luzir, na claridade baça da velha casa debaixo da lua, um inútil lápis-lanterna.

Nada encontrando, retornamos, solenes, eu na frente, você atrás, e buscamos as nossas camas. Sonhamos com monstros de sete cabeças que emergem dos lagos ou mesmo da funda cisterna no quintal de casa.

Acordei como se a noite tivesse continuado – nenhum contraste, um sol ralo atrás das cortinas vaporosas da sala. Como se não tivesse havido este intervalo em que costumo mergulhar, todas as noites, e desembarco de lá, pelas manhãs, alguma vez pisoteado pelo que nele foi o inferno de um sono doentio, pesadelar. É como se, na travessia, eu andasse por um vale de sombra e desesperança, minha alma andasse. Sexagenária e tateante, por um vale de sombra minha alma andasse.

Não consigo entender que "Maico" não esteja mais aqui. As mãos compridas, os dedos longos, o riso alvar.

Está em olhar o ser amado – descubro, Mano – a invenção de sua realidade o mais das vezes árida, crepuscular. O pesadelo de sua falta, os cravos de sua ausência, o cheiro dele, do ser amado, que guardamos em algum lugar do olfato e as visões recorrentes com que o passado passa e nele, em sua imponência gelada, caricata quase, move-se como se um cinema interior, *flashes*, vozes, ruídos, a lembrança da voz do ser amado, Mano, cravando-nos fundas palavras, um sortilégio de equívocos, impropérios, palavrões, surdos rasgos amorosos, do ser amado, Mano, dizendo-nos coisas invariavelmente tristes. Invisivelmente tristes posto que, se de levezas e folhas, o sentimento já é o gume da saudade, saudade de sua doçura, a do ser amado, e a culpa que sentimos por odiar tanto e a cada minuto, o ser amado, posto que já nos escapa, já foge e já nos vilipendia e vos joga, Mano, do terceiro andar ridiculamente sobre o toldo – alguma vez sem nenhum arranhão, outras macerados de hematomas. E como deixar de amar o ser amado se longamente ele nos ama e nos redime de nos sentirmos sempre e sempre não amados nunca?

Não sou eu que vou na direção de "Maico", Mano. É ele que se impõe na vida feito uma montanha, uma ilha, um acidente geográfico e desenha em rancor a sua inevitável paisagem. Eu sempre tenho medo, muito medo de me sentir amado, Mano. Pode ser que isso não vos restitua mais a si próprio e andar sonâmbulo por becos e ruelas, caminhos e *railways*, atrás de mim mesmo, Mano, é um disparate que só cabe num quadro de Francis Bacon, o dilaceramento de nosso corpo provisório, sempre interminado e já se desconstruindo com uma voracidade de que os dias e os meses, os anos e as décadas são os seus verdugos principais. A mando de que tosco rir, Mano, o ser amado vem de nos amar para que o olhemos com olhos de ternura, um olhar que é meu, profundamente meu; e inventado?

Agora, no CD, Ella, Ella Fitzgerald, Mano, Ella Fitzgerald imensamente. Audível, nem baixo nem alto, para que eu não me atrapalhe aqui com essa escrita mais evanescente do que o som com que Ella passa do mais diabólico agudo ao baixo profundo, um espesso mugir de cervo em agonia, e de novo ascende ao trinar de um *castrato*, e, a seguir, o súbito rompante de novo e corcoveante barítono, o canto de Ella, imensamente. De que céu, Mano? Desde onde aqui ainda, o som e a voz, para sempre, permanentes, mais vivos e mais intensos do que os sabiás que aturdem as madrugadas suicidas?

Nem bem o Pai e a Mãe passavam a chave na porta da frente, rumo à habitual sessão de cinema, ao menos uma vez por semana, logo que viemos à casa do Bigorrilho, excitados víamos que um mundo de liberdade, ainda que provisório, abria-se para nós, Mano.

E, de pronto, a primeira vítima – no lusco-fusco do sofá da sala, a Avó, em seu canto, como que se encolhia. Velhinha e magra; ossuda – os olhos azuis, opacos e úmidos dormia permanentemente no sofá da sala, o abajur a noite inteira aceso, porque a Avó sofria de uma persistente doença que os adultos aceitavam, com uma ponta de relutância, sonegando a ela, com gosto e por economia, os calmantes receitados pelo médico, como se caprichos de velha inconveniente – o medo, né, Mano?, de alma do outro mundo.

O prato estava cheio. Primeiro eu, depois você, corríamos a apagar a fraca luz com que a velha se abrigava de seus terrores, no fundo do sofá. Lembrarei sempre com dor, Mano – quietinha e de olhos estalados. E aí, primeiro eu, depois você, jogávamos sobre o corpo o lençol branco e passávamos correndo e ululando à frente do sofá – uma, duas, três vezes. Chamava por nossos nomes, Mano, trêmula e sozinha, só ossos, os olhinhos azuis facilmente adivinháveis quando, de súbito, de pura maldade voltávamos a acender a luz outra vez, para novo susto e horror da Avó e ainda outra vez passávamos os lençóis brancos discerníveis por ela na escuridão. Almas de outro mundo. E púnhamos tamanha diligência na perversidade até que a Avó começasse a gritar – primeiro baixinho e abafado, depois mais alto. Sabíamos, contudo, cruéis, sabíamos, os vizinhos jamais ouviriam.

Dia seguinte, não nos delatava aos pais, a velhinha, mesmo porque ninguém acreditaria nela, delirando em sua esclerose de muitos anos; antes nos olhava ainda mais temerosa de que nos acercássemos dela. Hórridas crianças – feitas para matar de medo a Avó ou a quem de nós se acercasse. Bichos pequenos, horríveis bichos pequenos, Mano. Nada, ninguém, nem Deus, há de um dia nos perdoar a minuciosa e torturante barbárie. Até hoje guardo um irrevelável ódio às crianças, animais impulsivamente mesquinhos, e capazes de inenarráveis cruezas.

Muito tempo pensei que, por tímido, não gostava de festas. A Mãe também não gostava e, desde cedo, alheou-nos delas. Mas aqui ficou a memória do desejo e a inveja das festas do vizinho em frente, a cada aniversário, a cada Ano-Novo. Recusávamos os convites tenazmente, por birra e fraca soberba. A Mãe não dizia nada. Cobrávamos, depois, acintosos, a não comemoração de nossos aniversários e você jogava, de novo, na cara do Pai, a escura herança – sobretudo de ter nascido compulsoriamente pobre; além da vergonha, também herdada, da ignorância e do pessoal desalinho; animais domesticados, o rabo entre as pernas ante a gente da Aldeia danadamente excludente, colonos eles também, muita vez sem saber, a expulsar a duras cotoveladas os que ousavam buscar, da Aldeia, o orgulho de estar nela. Era como se dissessem, escrevo de novo aqui, Mano, que uma coisa era desembarcar nela, forasteiros; bem outra, ver nela nascer seus netos, bisnetos e até os tataranetos.

Bichos todos, Mano, eles e nós, bichos gracilianos.

E interessam tubos, detalhes, oxigênios?

Ming, o nome que acabamos dando ao gato. Bêbado, o Pai chegou uma madrugada nos acordando a todos. Sonolento e de pijamas lembro que você chorava, Mano, o Pai forçando-o a que ficasse de pé, e acordado. Reservava-nos uma surpresa. Custou adivinharmos, apesar da curiosidade, ainda na névoa do sono, de onde vinha um miado fino e meio sem rumo. Lembro, nítido, como se fosse hoje: trôpego, na cozinha, o Pai buscava uma xícara de café. A Mãe, que não suportava nem admitia aqueles desatinos, não saíra da cama. O Pai entrara pela porta dos fundos, a chave nas mãos, cambaleando. Agora andava pela cozinha atrás de café e embora nos obrigasse a ficar acordados, se fazia de desentendido, como se não estivéssemos ali, pra lá e pra cá, muito bêbado, a voz engrolada – "De onde vêm estes miados, meu Deus?". Procurava, o cabelo na testa, a cabeça inclinada, a mão em concha no ouvido, de onde vinha o miar insistente, por vezes a sugerir um guinchar desesperado. Duas ou três vezes ri um riso agudo, pressentindo que o miado vinha mesmo era do corpo do Pai. Até você, manhoso, recordo que ameaçou um sorriso apontando o Pai, agora sentado, meio sem equilíbrio, à mesa da cozinha – "Vem de dentro do senhor, o miado..." –, você pôs no ar, na direção do Pai, o dedinho úmido, recém-tirado dos olhos e da boca. Era tarde da noite e os cachorros do bairro trançavam uivos desencontrados.

Agachando-se para fingir que procurava de onde vinha o miado, se era de debaixo da mesa, a conter o desequilíbrio o Pai deixou de propósito que do bolso do paletó saltasse – arrepiado e arisco, o gatinho. Que, ainda mais arrepiado, à menor intenção nossa de pegá-lo, rápido se escondeu sob o armário da cozinha. Como pôde enfiar-se ali, em tão estreitos limites, era o que nos causava estranheza. E lá no fundo, colado à parede, se escondeu, acuado, pequena bola de pelos no escuro, quase uma mancha – ele e o miado que doía em nós feito um pedido de socorro. O Pai, rindo muito, pareceu ainda mais bêbado ao ameaçar tirá-lo dali com o cabo da vassoura. Felizmente mal conseguia enfiar o cabo da vassoura debaixo do armário, tão estreita a fresta e tão grande a dificuldade do Pai em se firmar em pé, o que dirá de cócoras... Imóvel, no fundo do fundo debaixo do armário, a pequena bola peluda era só um miado – temeroso, aturdido.

O Pai logo se cansou da pantomima bêbada, arranjou-se no primeiro sofá e dormiu profundamente – a boca aberta, o sono comatoso dos bebuns, o braço largado, as costas da mão perto de tocar o tapete. Agachados ambos, acenávamos para o gato debaixo do armário. Fui buscar um pedaço de carne na geladeira, mas só encontrei de alimento algumas folhas de alface. Lembro bem de você, Mano, a teimar que o gatinho miava de fome e até mesmo uma folha de alface poderia convencê-lo a sair de baixo do armário. Depois de inúmeras tentativas, todas frustras e vãs, para atraí-lo, até mesmo com um tomate, nos aquietamos. Sentados, os dois, Mano, na mesma cadeira, é viva a memória dessa madrugada, sobretudo quando fizemos um silêncio expectante, e ardiloso.

Qual não foi a surpresa: face ao repentino silêncio, o bichano apontou a cabecinha de sob o armário e num movimento em que grudou a barriga ao assoalho, recurvando toda a coluna, evadiu-se dali e, como a um milagre, se pôs, agora debaixo de uma cadeira, a miar alto feito quem pedisse à vida uma chance.

Corri para agarrá-lo. Surpreendentemente, o gatinho se deixou pegar ante a estudada suavidade de meus movimentos, o colei ao peito, enquanto você, em torno, saltitava excitado, e feito um rasgo de amor ou de ternura, o bichano ronronou – talvez extenuado, talvez acalentado pelo calor de meu peito onde um coração, o meu, mais um pouco saltaria da boca.

Ming, o nome dele, Mano!

E Ming ficou, anos a fio, troféu e mimo, bicho e brinquedo. E engordou ao nosso lado, acho que por mais de quinze anos, tratado a guloseimas e rações, sob providenciais cuidados veterinários sempre que preciso. E conosco envelheceu, Mano, rente a nós e ao tempo em nós andando.

Um dia, numa de suas sempre demoradas ausências à caça das gatas no cio, sumiu. Dias e dias o esperamos, e o buscamos depois, os dois, lembra, Mano?, por terrenos baldios, ruas, esquinas, sobre o telhado, nos porões, perguntamos por ele aos vizinhos e até mesmo a transeuntes desconhecidos. Nada. Um silêncio longo e choroso nos acabrunhou semanas seguidas. Nem um de nós como crianças já se reconhecia ao espelho. De infantes buliçosos passamos à adolescência ensimesmada que nos separou de vez – e para sempre.

Ming ficou sendo assim uma espécie de referência e passagem, ponto de convergência e desenlace. Você e seu mundo; eu à roda de meu já acabrunhado e inútil universo. Nunca mais um Ming a nos juntar, em silêncio, na mesma cadeira da cozinha, as bundinhas coladas uma à outra no mesmo assento, os cambitos a escapar das calças curtas, a madrugada dos cães desencontrados e o Pai a dormir o sono dos bebuns sem ordem nem lei.

Ming talvez tenha sido o último sopro de nossa inocência então definitivamente mutilada.

Novo senso sem sentido, outra manhã, o ácido céu azul da Aldeia, manhã suarenta, coalhada de passarinhos, a mesma manhã, imemorial, eterna, que os poetas d'antanho cantavam em seus perdidos sonetos de amor e morte – melancólicos, miseráveis. Um sol lavado a soda e cal.

Não, Mano, eu não quero temer as grandes ondas e as borrascas do mar misterioso. A tudo aceitar, quem sabe, com esse estranho estoicismo que, no fundo do coração dos Souza de Oliveira, já disse muitas vezes, mais que estoicismo é mágoa, o coração dilacerado e o alto orgulho.

Estou aqui, sim, eu sou o sobrevivente. Antes de mais nada sobrevivente de mim mesmo. Eu sou o sobrevivente, Mano. Não sei quanto mais eu dure ou persista, vivo e lacrimoso. Existir, na pele do sobrevivente, queima, o lúbrico rastro da lagarta peluda. Nem a Hilda está mais aqui. A Hilda! Coitada da Hilda... Foi morar com o namorado baixinho e velhusco em Aquidauana, onde, aliás, a conheci. Os dois, juntos, eram uma bizarria. Imagine, Mano, você conheceu a Hilda: grande e gorda, a Hilda era uma giganta perto de qualquer um, imagina só ao lado do agora marido, baixinho e velhusco... Aquidauana combina com eles, aquela cidade fétida à beira de um rio podre e barrento. Aquidauana é a cara da Hilda, Mano. Aquidauana de meus desassossegos aterrados, o calor que brota do chão, feito ali, um pouco mais abaixo dele, do chão, fosse o exato endereço do inferno. Como pôde ter nascido de seu mormaço e poeira alguém como "Maico"? E como consegue guardar hoje, aquela terra acerba e rija, aquela terra gretada, aos secos torrões, os seus ossos de menino? O barro crestado de suas ruelas, a solidão, mais que árida, dos cemitérios ressequidos. Os domingos de Aquidauana atravessados pelo zunir rangente das cigarras de um nunca interrompido estio. Entanto, repito, sobrevivi.

Cato meus restos pela sala. É assim como se eu fosse um boneco de pano do qual se retirou todo o enchimento. Sobraram braços e pernas desengonçados, a cara já sem forma, só uns olhinhos de botão, e o sorriso, rasgado, meia-lua de feltro vermelho. Nem o nariz, ora direis, tem mais o boneco desinflado de si. O cadáver de um boneco, Mano? Lembro a malhação do Judas, mas àqueles Judas de nossa infância, no sábado de Aleluia, mesmo aos chutes e estraçalhados a paulada, ainda restava deles, me lembro, antes de incendiados, algum feitio ou talhe. O que sobrou de mim é só uma massa disforme. Sem cara nem expressão, uns restos de cabeça tão absolutamente sem pescoço que ela se dobra derreada sobre o que foi o peito da alegoria, mesmo patética e cômica, daquilo que se quis, um dia, um boneco de pano.

O telefone toca e toca – insistente, contínuo. Quem, aflito, do outro lado do aparelho? Odeio celulares e o único que tive, presente do primo Carlinhos, um Natal, nem tirei da caixa e na caixa permanece, virgem, intocado, em algum lugar do deserto desta casa que um dia nos abrigou, Mano, aos quatro, o ninho da judiaria, ainda assim ninho e abrigo, masmorra e aconchego. Hoje o que são a casa, os quartos vazios, a sala de cabeça para baixo, um caos, onde passei os últimos meses, os corredores abafados pelo janeiro odioso? O que é a casa, tão vazia de si quanto o oco boneco em que a vida me converteu – inclemente, cruelmente impiedosa? Choro, choro sim, Mano, o que em mim também são restos, despojos maltratados e maltrapilhos. Farrapos de quem se quis um príncipe vestido de veludo e ombreiras de ouro, o peito coroado de medalhas.

O telefone cessa por um instante e logo torna a tocar, alto, teimosamente alto, e irritante. Imagino tanta gente do outro lado da linha; e imagino ninguém. Chego a me aproximar do aparelho nem que seja para tirá-lo do gancho e, assim, quem sabe, cessar nele o que é a aflição de seu tilintar – nervoso, repetitivo. Mas felizmente, à minha aproximação, certo que lenta e lerda, o demorado ondear da lagarta peluda, o aparelho emudece, súbito. Numa expectativa insana e odiosa, espero que toque de novo. Ali, de pé, parado e meio zonzo, próximo da mesinha onde instalaram o telefone, espero. Mas ele não toca nunca – e como se para sempre. Me arrependo, por longos minutos me arrependo de não havê-lo atendido. E se fosse d. Glória, o dr. Paiva, ou Rodolfo, ou Carlinhos, Alzira, ou a Tia, com as suas preocupações e urgências? Ou mesmo a velhota vizinha e solitária a necessitar socorro? E se fosse alguém, Mano, para dizer, nem que um trote: ama-me, Frederico, ama-me?

Há três dias não me olho ao espelho, há três dias não tomo banho, não faço a barba nem troco de roupa. Devo estar horrível. Fumo, compulsivamente fumo um cigarro atrás do outro e o inevitável ventilador do teto, com seu ruído rascante, torturado, transtorna ainda mais o janeiro espedaçado. Fiz, com má vontade ou por pura incompetência, um café ralo, a reutilizar um coador de papel, enganei o estômago com um resto de arroz frio e vagamente azedo que encontrei no fundo da geladeira. Só de lembrar o arroz sinto engulhos. Mas o cigarro e o café me aplacam a náusea, por incrível que isso possa parecer. Fumo, Mano, a tragadas demoradas e fundas, até o último esforço dos pulmões, o por certo cavernoso pulmão dos fumantes obsessivos. Feito quem suspirasse o derradeiro suspiro, a tragada chega a aquecer docemente traqueia e brônquios, na tentativa sempre vã de apaziguar a alma. Mato-me, claro. Aplicadamente vou me matando aos poucos, ou de vez, já não sei, com esse gozo perverso que o cigarro concede aos fumantes não amadores.

Você lembra, só você lembra, solitárias testemunhas de nós mesmos, aquele tempo, só você lembra o invariável pedaço de céu recortado na janela sempre aberta do quarto Dela. Apenas quando chovia pedia que fechássemos a janela – eu ou você, não importava. Será que não nos distinguia mais? Suposição desconexa de um homem estéril, e, mais que isso, aturdido. Só você, além de mim, lembra, aonde estejas lembra, o gemido abafado contra o travesseiro, tarde da noite. Para que não ouvíssemos, Mano. Para que não soubéssemos que alguma coisa Nela ardia ou sufocava.

Essa conversa aqui vai lenta e difícil. Grandes sombras se projetam na parede. A lâmpada fraca, a sala entulhada, e esta mesa onde registro, sob delicado horror, o sangue das horas. Sim, isso aí quase não chega a ser uma metáfora, Mano. Há o sangue das horas, sim, o sangue exausto das horas. A cada movimento a destilar a ácida saudade que faz correr a esferográfica sobre o papel nessa confissão longa e profana, é como se açulasse as sombras, as sombras de outras sombras que andam teto, cortinas, paredes.

Mexo-me, alongo o olhar para as paredes da sala: ora a parede em frente, ora a parede de trás, ora a parede ao lado, espicham-se, as sombras, formas compridas, enviesadas às vezes. Indiscerníveis. Estarei com medo de mim, Mano? É minha a projeção na parede branca, minha esta sala entulhada na casa vazia de muitos cômodos; nossa é somente essa esquiza profissão de fé. No quê, Mano? No que lembramos? Ou no que lembro eu, para ser mais exato, ao aéreo dessa comunicação no vácuo, posto que também você é só a memória da memória? Metáfora? E em exclusivo através de mim você ainda lembra, mesmo que, a rigor, nada mais lembre, o que é espantoso e triste. De todo modo, vamos nos precaver, Mano, é a noite, baixo a chuva, no jardim, nas calhas. A lembrança reverbera, movediça, cambiante, a tatear o espesso fosso de nosso passado comum. Sua escuta e minha voz vibram no ar feito fosse um vento.

Lembro, lá atrás, o sorriso Dela, tão jovem, lembra também? Éramos meninos impossíveis, indomáveis e manhosos, ao abrigo de inocente imortalidade. Inquietos, esbaforidos, sanguíneos. Você, só três anos mais moço do que eu. E ambos, ao redor Dela, absolutos na vida feito uma pedra ou um acidente geográfico.

Como numa movente moldura remeço: ela demora o olhar sobre os cachos de seu cabelo, Mano. Alisa-os com uma ternura obstinada e orgulhosa. Atravessa os dedos por entre eles, as unhas de tênue esmalte a fugir e a reaparecer entre os cachos do seu cabelo, Mano. O olhar perdido. Parece que foi ontem; tudo parece que foi ontem – a radiolinha de brinquedo, movida a cordas, a tocar, como em realejo, fanhosa e falha, "O cravo e a rosa".

A Tia chegou e me abraçou, comovida. Gorda e exausta, a Tia, autoritária sempre: "Vou lá ver ela!". "Ali" – apontei, como costumava fazer, a porta do quarto aberta. Uma réstia de sol – ofuscante – desde o retângulo da janela do quarto se precipitava sobre a tábua encerada do chão. Dali via-se, nítido, um pedaço do chinelo Dela. A Tia, talvez atrapalhada com a visão, fez que não viu, próximo da cama: a borda encardida do calcanhar de um dos pés do chinelo um pouco gasto de lado. Percebi quando os olhos da Tia buscaram, mesmo incômoda, a réstia de sol no assoalho do quarto. Abriu a bolsa, tirou o lenço com que limpou a testa e como que retocou o pó de arroz, meio cômica, ou patética, ambos os lados do rosto, um de cada vez, dois dedos ligeiros e curtos embrulhados ao lencinho fúcsia.

A Tia, pois, atravessou a sala com uma urgência que não combinava com seu ar entre contrito e coquete. Vi apenas quando fechou a porta atrás de si e deu uma volta na chave. Estranhei o gesto, mas, antes que qualquer raciocínio se estabelecesse, o barulho da chave tornou a abrir a porta, escancarando-a, e a embaralhar em minha cabeça o incompreensível gesto da Tia. "Ela está bem. Ela está muito bem!" "Mas por que chavear a porta?" – perguntei, um tanto cínico, como se a denunciar nela algum traço senil ou coisa que o valha. A Tia ignorou o comentário, tornou a abrir a bolsinha e a retirar dali o lenço com que, desta vez, enxugou, num automatismo ansioso, a testa. Fechou a bolsinha, o estalido seco. Me olhou de cima a baixo, com aquele velado ar de censura que era a sua marca. E sumária: "A chave? Queria falar um assunto nosso, mas deixei pra depois... Não quis lhe interromper o sono". A Tia era dona de um olhar que sempre me constrangia, Mano. Como se estivesse a me acusar de um crime, ou de uma vergonha – que eram, aliás, aos olhos da Tia, a mesma coisa. Vez ou outra fincava, aparentemente sem maldade, o alfinete perfumado: "E aí, quando meu guapo sobrinho casa?". Mesmo sabendo que não havia namorada, noiva, amante, a Tia nutria o perverso gozo de insistir – "E aí, já noivou?". "Não casou ainda, meu sobrinho?" No fundo, eu odiava aquela Tia, Mano. Lamentável fosse a única! Da Mãe, e era o que contava, só aquele pobre-diabo como irmã. Gorda e exausta, nos dera cinco primos – ruivos e agressivos na infância. Hoje mais distantes e neutros do que os Sampaio, lembra deles?, os quase nunca vistos vizinhos do outro lado da esquina, aquele tempo ainda da Saldanha Marinho. O Pai falava que havia no mundo vizinhos invisíveis. E isso acabara se tornando quase uma entidade. Acreditávamos e tínhamos medo deles, os vizinhos invisíveis, na hora avançada da noite. Mas você, Mano, fácil conciliava o sono, a cabeça de leve inclinada no travesseiro, a juba encaracolada se misturando ao linho da fronha. No cômodo ao lado a Avó ressonava no sofá-cama e, mais adiante, no quarto principal da casa, os pais – alheios viajavam, longe de mim, longe de nós e de meu pânico, num sono irremediável. Eu ficava tão sozinho quando você dormia, Mano... Disfarçava de mim mesmo o medo, contando carneiros, lembrando os pequenos acontecimentos do dia, me ocupando com insondáveis aritméticas. Mas logo começava a imaginar coisas – gordas aranhas, cabeludas e lentas, a surgirem no escuro vindas de baixo da cama. Debitava o aparecimento delas ao conga de sola para cima ou ao guarda-roupa aberto. A Mãe sempre nos advertia sobre os perigos da sorte com os sapatos virados e o guarda-roupa aberto. Fechava os olhos com força e a imagem hedionda se espremia junto num feixe de luzes estriadas. Virava para o lado da parede, cobria ainda mais o rosto, encolhia, vai que os pés ficassem de fora... E sonhava com índios, grandes lagos ou então que voava, Mano, os braços feito asas, sobre ruas e casas voava, palácios e montanhas, pinheiros e precipícios, voava, o primeiro menino com asas desde o começo do começo do mundo. É, havia qualquer coisa de inédito naquele ser que voava feito um pequeno pássaro cortando o azul como quem corta o ar com uma faca. Dormir, ainda que difícil, já era então, verifico, uma forma de escapar. Vencia, sempre, o cansaço – jugo e alívio.

Desaba uma súbita chuva, Mano. Estamos num invariável silêncio aqui porque precisamos permanecer atentos ao burburinho Dela, por menor que seja, desde o quarto. E é então como se Ela chamasse, ainda que não o tenha feito. Corro a fechar a janela. Entro no quarto às pressas, escuro e úmido o retângulo da janela estampado de galhos e árvores, a chuva a cair, copiosa, sobre os ciprestes, sobre o xaxim iluminado no jardinzinho fustigado pelo vento. Ela nem viu a chuva, Mano. Está dormindo, dormindo profundamente. Terá visto a Tia? O rosto de lado, encovado e sereno, os cabelos grisalhos esparramados no travesseiro, um lado da cabeça meio encoberto pelo lençol. Ela está dormindo, Mano. Está dormindo profundamente. Talvez sonhe com a Tia – não sabemos se por encanto ou assombro. Pálido e magro o rosto é o mesmo de sempre – sua alma e jeito ainda estão ali, Mano. Paro no meio do quarto, um tanto imobilizado pela cena. Vou apagar a luz e puxar a porta do quarto até o meio para que eventuais ruídos não lhe interrompam o sono. Da sala a vigiarei – mesmo que eu durma vigiarei o sono Dela para que nada lhe aconteça de mal, Mano. Quem sabe um pássaro a fugir da chuva, o abafado ruído de um adejar que se ouve, inomeável, pela frincha da janela fechada, ou quem sabe um galho que a chuva e o vento, agora mais fortes, tenham derrubado, com estalo, no jardim. Barulhos. Sons que a chuva confunde e dissolve.

Hesito ainda um instante. E me decido, sem olhar para Ela, ainda outra vez, que o seu semblante, Mano, desamparado por Deus, me aterra; aperto o interruptor, outro estalo, encosto cuidadoso a porta. A luz fria da sala mergulha móveis, cristaleiras, poltronas, lustres e cortinas numa atmosfera leitosa e fosca. Sobra-me a sala com este desamparo que as salas vazias sugerem na madrugada, sobretudo se chove, como agora, fininho, insistente. Armo o sofá-cama próximo à porta do quarto Dela e não sonho com índios e lagos, montanhas e asas, Mano. Acho que não sonho, acho que não sonho com nada.

O silêncio foi longo sob o rumor da chuva, macias as cobertas, e aquela proximidade que me apaziguava. Era como se minha presença desse a Ela alento; e mais um dia. Ainda bem que, para a Tia, Ela estava sempre melhor, o que não deixava de ser um entusiasmo, às vezes o único do dia. Ao entardecer a Tia chegava, marcial e de grande nariz erguido, e seguia direto ao quarto Dela. Não costumava demorar, jamais tão rápida, entretanto, como dessa vez antes da chuva, e nenhuma em que tenha chaveado a porta... Que assunto aquele? Que secretas misérias a Tia desejava lhe confidenciar que merecessem a porta chaveada do quarto? A comédia de uma secreta herança? A confissão, ainda que tardia, de uma infidelidade que o vento levou? Ou o que, de novo, sobre a morte do Pai?

Nada, contudo, aconteceu, já que a Tia preferiu que Ela não acordasse. Nem sequer deve ter lhe ajeitado o soro, ou o bojudo frasco da alimentação parenteral, no que a Tia era constante. Tão bom que dormisse, que dormisse profundamente... No que eu concordava com a Tia, desvelada com a irmã igual fosse dela uma filha. Dormindo Ela se libertava, ao menos, da angústia que devia ser ficar ali olhando o retângulo da janela aberta, desenho de galhos e folhas contra o azul, se eram as manhãs de cristal dos outonos de nossa cidade, ou as nuvens, nas tardes longas de estio, a brisa macia e quase morna. Dormindo Ela talvez sonhasse com o piano Essenfelder ou o roseiral selvagem no caos do jardim nos fundos da casa. Misturara lírios e cactos, samambaias e alamandas, manacás e coroas-de-cristo. Elas, as coroas-de-cristo, crivadas de espinhos, ardiam, vermelhas – carnívoras e ameaçadoras ao pé de nossa infância acossada.

D. Glória chegou muito cedo com seus paramentos. Ficou só um pouco no quarto Dela. Me fez repetir que estava mesmo acordado, Mano, para informar que só voltaria no dia seguinte. Não nos preocupássemos. Verificara o soro, reforçara o frasco de alimento e sobretudo trocara a bolsa, de urina, Mano, cuja existência escondíamos de nós mesmos, com pudor, debaixo de lençóis e travesseiros. No que fosse eventualmente necessário a velha empregada se desincumbiria. Afinal, treinara Alzira com empenho.

A visita de D. Glória, a manhã fria e embalada pela chuvinha serena, me aconcheguei ainda mais ao cobertor e desta feita devo ter sonhado, Mano. Com uma estranha cidade onde os vivos andavam em carruagens que, a rigor, solenes, e de veludo, pertenciam aos mortos. Séquitos e procissões. Devo ter sonhado com poços e barrancos, rios fundos. Aí, deste lado do vidro, sei que jamais você poderá me responder nada e nenhuma coisa, mesmo na hipótese de que ouça ou me veja, Mano. Somos estéreis, e impotentes diante dessa vidraça que o mistério interpôs entre o que eu registro e penso que falo, e você, cúmplice, finge que entende.

Deu-se então que ficamos, no dia seguinte, eu, a sala, a porta do quarto entreaberta, outra visita, ainda mais breve, da Tia, que, desta vez, nem se importou de ver a irmã no quarto. Eu também ficara poucos instantes perto Dela, o tempo apenas de abrir as venezianas assim que a manhã no jardim se encheu de passarinho. E evitara de novo olhá-la – a desviar os olhos, a medo, do semblante Dela. Desde que percebi ser para Ela um esforço desnecessário conversar comigo, dilaceramento que também eu me infligia, só para que pudesse me certificar de que Ela falava, de que Ela ainda falava e entendia. Apesar do cansaço e do sono dos últimos dias, o dr. Paiva nos assegurara que tudo ia bem. O caso não era fácil, mas repouso e caldo de galinha nunca fizeram mal a ninguém – quebrara o gelo o dr. Paiva, as sobrancelhas grossas, o risinho de lado, parecia saído de um desenho animado.

Agora o entardecer incide no retângulo da janela do quarto Dela e, já disse, daqui da sala, retângulo e janela se divisam inteiros. Um róseo corrompido por gasto amarelo deambula a moldura da janela. A Tia olha aquilo e quase sorri, não fora a soberba e o secreto ódio que guardava, bem guardado, de mim sobretudo, dobrado com zelo, no fundo da alma miúda, do mesmo modo como fazia com o lencinho encerrado na bolsa. Só um estalido, gorda e exausta, ainda outra vez, fecha debaixo do braço a bolsinha com o lenço dentro. "Ela precisa descansar! Seria bom que você a poupasse, ao menos hoje. Dorme, só dorme. E isso é sinal de que se recupera a olhos vistos, você não acha?"

Tive que concordar de novo com a Tia, sempre certeira, admito, quando o assunto eram os cuidados com a irmã. Eu, claro, me atrapalhava, Mano, como você se atrapalharia, a dormir no sofá-cama da sala e a domar tarde da noite o silêncio como se domam cavalos. É pior o silêncio quando, dentro, amotinado, um vulcão se agita, Mano. Ali quando você tem apenas dois caminhos – entregar-se como um embrulho velho ao deus-dará ou suportar o medo que o come por dentro.

Tento ler, para que as horas passem tento ler, mas a atenção anda e desanda feito as nuvens no retângulo da janela do quarto Dela, fogem palavras e personagens, e o livro acaba sendo sempre um objeto esquecido no colo ou na mesinha perto do sofá. Impensável ligar a televisão. Não há nada mais melancólico do que um aparelho de TV ligado se intricados são os dias, principalmente as tardes; e mora ao lado a agonia.

Devo confessar que venho perdendo um pouco a noção do tempo, Mano. Confundo quintas com terças ou embaralho sábados com domingos, desde que me instalei aqui ao lado Dela. Não, não envelheceu, Mano. Queria que você visse, mesmo agora nada tem de velha. O rosto lavado, discretos os vincos. E, quando abriam, os grandes olhos castanhos continuavam os de menina. Ainda que distantes e quase alheios, na direção da moldura da janela, castanhos fortes, tintos de uma luz profunda, de outra natureza e sentido. Acho que a alma da gente mora mesmo nos olhos, Mano. Quanto mais os anos passam, e melhor observo os semelhantes, verifico que é pelos olhos que a alma esplende. Mesmo quando cegos, Mano, a alma pelos olhos se assusta.

Por isso deixo que Ela durma. A Tia voltou mais duas vezes, o dr. Paiva telefonou perguntando se tudo corria nos conformes, meu hípico menino, numa referência ao tedioso período em que tentei aprender a montar na Hípica, velha paixão do médico com cara de animação de contos de fada. Até hoje, ao menos cá neste fim de tarde, os préstimos de Alzira não foram necessários. Duas ou três vezes verifiquei o soro e o grande frasco amarelo sobre a cama. Sem coragem para olhá-la, sem coragem de flagrar, pelo rosto, outra vez, o que a alma Dela por certo escondia. De relance, percebi todas as vezes, contudo, que dormia. E essa era a lei – que Ela dormisse, que Ela dormisse profundamente.

Dia seguinte a Tia me acordou com um telefonema mesquinho do qual facilmente entendi o propósito e a perversão – não só para se certificar de que eu ainda estava lá mas talvez principalmente para me interromper o sono matutino. Para dizer que chegaria tarde, um jantar com as amigas, como ela aposentadas dos Correios. É daquelas que tendo por hábito acordar às cinco considera moralmente condenável quem levanta às nove. Sempre foi assim, a Tia, e nisso você também não há de me contestar, Mano.

Diferente Dela; distintas uma da outra como o mar e o pinheiral da montanha, para dar a essas notas aqui uns fumos literários, nem que seja de empréstimo ao noturno Hoffmann. Nem pareciam filhas da mesma mãe, mesmo porque fisicamente a natureza não fora nada pródiga com aquela senhora sempre gorda e sempre exausta, desveladamente amorosa, ainda que o único objeto de seu amor, além dos agressivos filhos ruivos, era, aceitemos, a irmã. Não importa se com uma ponta de inveja ou sofrida admiração. A Tia estava sempre sufocada pelo Peludo, que era como eu lhe nomeava o ego triste, e você ria da precisão com que a retratava e, principalmente, quando de bom humor, coisa rara, eu até ensaiava imitá-la, o lenço, a pequena papada debaixo do queixo, os dedos, a bolsinha, a fala cheia de érres... A Tia.

Acho que dormi toda a tarde a contar com Alzira que escutei passar pela sala em direção ao quarto umas três vezes. O tamanquinho de Alzira a estalar no assoalho e a me sacudir, a cada vez, a modorra. No retângulo da janela do quarto, geometria nítida, logo o céu escureceu e com ele toda a paisagem. Fui logo acender a luz do quarto Dela. Tateei o interruptor, encontrei-o com alguma dificuldade, a letargia tornava braços e pernas pesados, e com alguma preguiça, confesso, me aproximei do criado-mudo, dois ou três vidros de remédio encontraram minha mão pesada mas não chegaram a cair e com um toque premi o botão do abajur.

Ali, quase de cócoras, Mano, não foi difícil sentar no chão, à cabeceira Dela. E decidi, com uma coragem desusada, olhar-lhe de frente o rosto. Não sei se pela luz do abajur ou do retângulo obscuro da janela; se em razão da claridade mortiça que vinha da sala, o fato é que seu rosto estava cinza. Os olhos – fechados – não se moviam. Continuei a reunir forças para olhá-la de frente. A face magra, o pescoço teso, os cabelos grisalhos se esparramavam ao travesseiro. Ela fora tão linda... Não que não fosse mais, é que agora o semblante não conseguia dissimular a estranha mágoa de estar viva. Um zumbir de moscas atravessou a noite, e o retângulo da janela, feito fosse um enxame de abelhas sem destino – aliás, coisa comum de uns tempos para cá, aqui nesta casa e nesta rua do hoje cafonamente chamado Champagnat e que um dia foi o nosso bom bairro do Bigorrilho.

Novo esforço, nova soma de mais audácia do que coragem, levei a mão à testa Dela. Foi aí que constatei, Mano – a testa Dela, fria. Gritei por Alzira que trouxesse urgente o aquecedor, uma provável hipotermia. Antes que caminhasse em direção à sala para chamar o dr. Paiva ou d. Glória, sua fiel escudeira, levantei o lençol: a bolsa, ligada sempre a Ela por uma sonda, e sempre meio escondida debaixo do cobertor – intacta, seca, o adstringente odor de que, renovada ali há menos de um dia e meio, não fora uma vez sequer usada.

Este livro foi composto em Spectrum MT para a Editora Planeta do Brasil em julho de 2011